LEGION™ 1

La légion des damnés

SCÉNARIO
Dan ABNETT & Andy LANNING
DESSINS
(prologue)
Jeffrey MOY
("Légion des damnés")
Olivier COIPEL
ENCRAGE
(prologue)
W.C. CARANI
("Légion des damnés")
Andy LANNING
COULEURS
Tom McCRAW

TRADUCTION
Nicolas MEYLAENDER
(remerciements à Ed TOURRIOL et KGBen)
LETTRAGE
Studio Vianney JALIN

remerciements à Olivier COIPEL

La Legion des Super-Héros

Au troisième millénaire, la Terre a essaimé sur d'autres planètes et les capes de Superman et Batman sont raccrochées depuis longtemps, mais la tradition des super-héros est toujours présente.

Il était une fois trois adolescents dans l'espace ...

Débutée sous la forme d'une simple aventure mettant en scène Superboy(1) dans les pages d'**Adventure Comics** #247 (avril 1958), la saga de la Légion est née quasiment comme une farce, avant de figurer parmi les séries les plus cultes de toute l'histoire des comics de super-héros. Marquée depuis près de 50 ans par des cohortes de personnages tous plus hauts en couleurs les uns que les autres, mais aussi par le passage de dizaines de créateurs aujourd'hui parmi les plus renommés de la profession, la Légion est un véritable phénomène que ses origines ne laissaient pourtant pas supposer, et qui va connaître plusieurs évolutions marquantes au cours de son histoire.

La Légion version pré-Crisis

Lorsque l'on aborde l'histoire éditoriale de DC, il convient de situer immédiatement la période en question. En l'occurrence, et pour faire simple, il existe un avant et un après **Crisis**. Cette rupture marque la remise à plat des multiples lignes temporelles et versions d'un même personnage, développées pendant plusieurs décennies. Un grand nettoyage éditorial en quelque sorte. Considérons dans un premier temps, la création de la Légion des origines, celle qui chronologiquement intervient, bien entendu, avant **Crisis**.

Trois adolescents, baptisés Cosmic Boy, Saturn Girl et Lightning Boy, débarquent du XXXe siècle et invitent Superboy à se joindre à leur Club. Pour cela, ils le soumettent à diverses épreuves que celui qui est appelé à devenir Superman va... échouer. Il s'avérera que les épreuves étaient truquées, et le jeune Clark Kent deviendra vite membre honoraire de la Légion des Super-Héros, rendant par la suite visite régulièrement à ses jeunes amis du XXXe siècle.

D'une histoire banale et quelque peu candide qui visait à créer un groupe composé de personnages adolescents qui n'étaient pas simplement les "sidekicks" de héros pré-existants (contrairement aux Teen Titans par exemple), le titre va évoluer vers un soap opera cosmique, plein de rebondissements et d'aventures interstellaires exceptionnels qui feront de la Légion une excellente série située à mi-chemin entre SF et super-héros.

Malgré le fait que jamais la Légion ne figura parmi les meilleures ventes de comics, de très nombreux auteurs passés depuis lors au panthéon du comics laisseront une trace durable sur cette série, qui permet justement toutes les audaces créatives du fait de son rattachement moins immédiat aux histoires contemporaines du reste de l'univers DC.

Cary Bates, Gerry Conway, Jim Shooter, Roy Thomas, Mark Waid ou de façon encore plus durable Paul Levitz imprimeront de manière durable leur talent de scénariste à la série. Côté dessinateurs, nous retiendrons plus particulièrement la maestria de Dave Cockrum, Mike Grell, Jim Sherman, Jim Mooney, Stuart Immonen, Steve Lightle, Jason Pearson, Keith Giffen ou plus récemment le Français Olivier Coipel, dont les noms sont associés dorénavant à l'histoire de la Légion.

Mais un événement allait venir chambouler cette vision un peu trop parfaite du futur de l'univers DC, sous la forme de la maxi-série **Crisis on Infinite Earths**.

La Légion après Crisis

Le grand nettoyage opéré par Marv Wolfman et George Pérez dans **Crisis** (disponible en quatre volumes dans la collection Semic Books) eut comme énorme avantage de remettre à plat les multiples séries et personnages de l'univers

DC, et de supprimer les incohérences narratives qui jalonnaient près de 50 années d'histoire éditoriale. Cependant, ce qui apparaissait à première vue comme une panacée éditoriale allait s'avérer particulièrement problématique en ce qui concerne la Légion.

En effet, à la suite de **Crisis**, il devenait soudain impossible de conserver les origines initiales de la Légion, dans la mesure où son passé avait tout bonnement disparu. Mieux, dans la nouvelle chronologie DC Comics, Superboy n'avait tout simplement jamais existé, et de ce fait, ne pouvait pas avoir rencontré Lightning Lad, Cosmic Boy et Saturn Girl, de la manière décrite dans **Adventure Comics** #247.

Comment la Légion, dans ses conditions, pouvait-elle ne serait-ce que continuer à exister ?

Les scénaristes et rédacteurs de comics, on le sait depuis longtemps, trouvent toujours des solutions à ce genre de problème de continuité. En ce qui concerne la Légion, la solution s'avérait somme toute relativement simple.

Superboy n'ayant jamais existé, qu'importe. Cela n'empêcherait pas la Légion d'exister par elle-même, sans lien direct avec un hypothétique Superman adolescent.

La saga **Heure Zéro : Crise Temporelle** (**Zero Hour**) achèvera un peu plus tard la refonte des origines de la Légion.

Certains fondamentaux de la série et les principaux personnages de la Légion sont en revanche respectés et repris dans **Legion of Super-Heroes** #0 et **Legionnaires** #0 (octobre 1994), puis plus récemment dans **Legion of Super-heroes Secret Files and Origins** #1 (janvier 1998).

Le XXXe siècle y est décrit comme un âge de relative prospérité où les voyages spatiaux sont devenus monnaie courante grâce à un réseau de "portes stellaires" (les "Stargates") créé par un certain R.J. Brande. Industriel, philanthrope et visionnaire, cet homme d'exception rêve de fraternité à travers le cosmos. Le monde du XXXe siècle lui doit la constitution des Planètes Unies, malgré les machinations de ceux qui voudraient bien voir ce rêve de paix et de fraternité s'effondrer.

Au cours d'un voyage spatial, R.J. Brande va parvenir à échapper à un attentat grâce à l'intervention de trois jeunes adolescents, issus de différents mondes : Rokk Krinn (en provenance de Braal et qui deviendra Cosmic Boy), Imra Ardeen (originaire de Titan et qui deviendra Saturn Girl) et Garth Ranzz de Wintah, le futur Live Wire (la nouvelle appellation du Lightning Lad des origines).

À la suite de ce providentiel sauvetage, nos trois jeunes héros vont également déjouer une conspiration, prévenir une guerre et permettre au passage aux P.U. (les Planètes Unies) de gagner leur indépendance vis à vis des gouvernements. R.J. Brande y voit un signe qui répond à sa vision et il encouragera les trois ados à créer ce qui va devenir la Légion.

Nos légionnaires sont tous dotés de bagues spéciales leur permettant de voler, et l'un des autres fondamentaux de la série tient à la création et l'utilisation dans les dialogues d'un langage spécifique, l'interlang, qui participe au charme la série.

De trois membres fondateurs, les rangs de la Légion naissante vont alors grossir jusqu'à compter plus d'une cinquantaine de personnages réguliers, tous issus de mondes différents.

Bigarrée, cosmopolite, cette Légion propose un nombre très important de héros et la nature des pouvoirs qu'ils présentent en est même devenue la marque de reconnaissance.

D'une certaine manière, la Légion permet aux auteurs autant de créations de personnages

aux noms, aspects et pouvoirs originaux chez DC que le permet le concept de mutant au sein de l'univers Marvel.

Mais après quelques années d'histoires et de création, en toute logique, le nombre de personnages rend difficile le fait de voir se dégager des individualités. Même si un noyau dur existe, constitué autour des membres fondateurs et des personnages les plus appréciés des lecteurs, vient le moment de recentrer la série, de la réorienter vers ses fondamentaux.
Un nouveau départ était donc nécessaire, et contre toute attente, elle sera le fait d'une équipe de scénaristes confirmés d'une part (Dan Abnett et Andy Lanning, surnommés DnA, un acronyme qui signifie ADN en Anglais) et d'un nouveau venu dans le comics, le Français Olivier Coipel, issu de l'animation.

Une Légion "Nouvelle Génération"

Plutôt que de nous imposer une Nième refonte des origines, qui en l'occurrence ne se serait pas justifiée, les auteurs vont choisir de sélectionner une partie des personnages afin de concentrer l'action et de développer un huit-clos qui permet une meilleure caractérisation. Bien entendu, parler de huit-clos lorsque l'action se déroule au XXXe siècle et que les voyages spatiaux à travers un réseau de portes stellaires sont rendus possibles, peut prêter à sourire.
Pourtant, en faisant surgir la menace d'une race extra-terrestre qui décime toute vie et a anéanti des dizaines de civilisations, la Légion va trouver un adversaire à sa hauteur. Ajoutons à cela une trame qui n'est pas sans rappeler "Lost in Space", et vous obtenez l'une des meilleures sagas de SF publiée en bande dessinée depuis de nombreuses années.

Mais avant de vous laisser découvrir comment les membres de la Légion se retrouvent dans cette situation, nous vous proposons de faire connaissance avec quelques-uns des principaux acteurs de ce drame à l'échelle cosmique.

Notes :
(1) Superman enfant dans la version pré-**Crisis** de l'univers DC. À ne pas confondre avec le "nouveau" Superboy (clone de Superman et de Lex Luthor), qui fait les beaux jours de la série **Teen Titans**.

OLIVI
&
99

ÉMISSAIRE
CODE TRANS-LUMINIQUE DU MÉGACARGO HESPÉRIDE DES PLANÈTES UNIES... MESSAGE DE DÉTRESSE PRIORITAIRE...
COSMIC BOY
BRAINIAC 5.1
... AVONS ÉTÉ ABORDÉS PAR AGENT OU GROUPE INCONNU... SYSTÈMES DE CONTRÔLE DU VAISSEAU VERROUILLÉS...
MONSTRESS
APPARITION
ALLEZ! ALLEZ!
... COMMUNICATION CONVENTIONNELLE INACCESSIBLE... ESPÉRONS QUE CE DATA-FLASH PASSERA... DEMANDONS ASSISTANCE IMMÉDIATE POUR LOCALI...
BOOP DIP DIP BLIP
NON! EN ARRIÈRE! EN ARR...
TOOM!
SHA-KOOM!

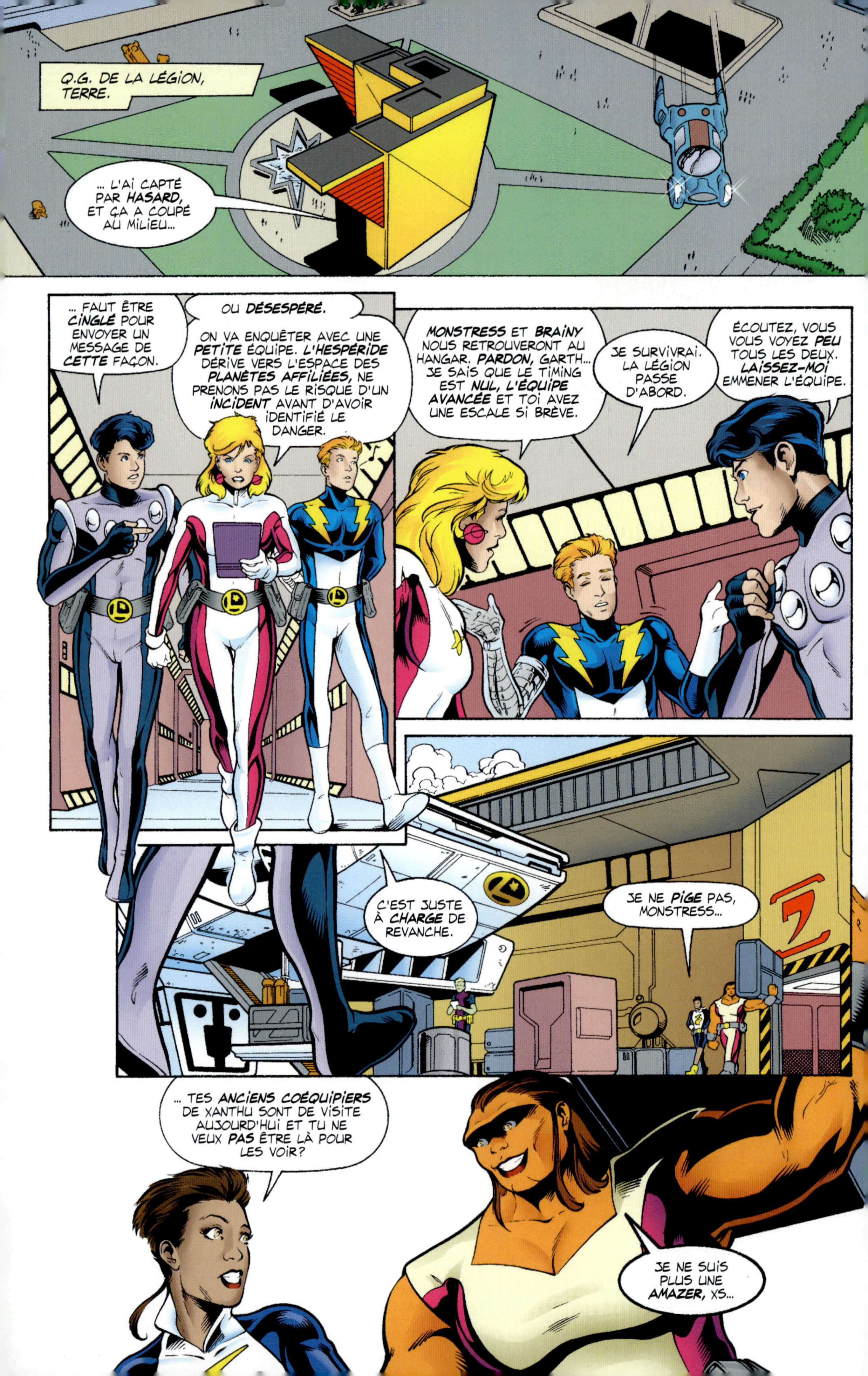
Q.G. DE LA LÉGION, TERRE.
... L'AI CAPTÉ PAR HASARD, ET ÇA A COUPÉ AU MILIEU...
... FAUT ÊTRE CINGLÉ POUR ENVOYER UN MESSAGE DE CETTE FAÇON.
OU DÉSESPÉRÉ.
ON VA ENQUÊTER AVEC UNE PETITE ÉQUIPE. L'HESPÉRIDE DÉRIVE VERS L'ESPACE DES PLANÈTES AFFILIÉES, NE PRENONS PAS LE RISQUE D'UN INCIDENT AVANT D'AVOIR IDENTIFIÉ LE DANGER.
MONSTRESS ET BRAINY NOUS RETROUVERONT AU HANGAR. PARDON, GARTH... JE SAIS QUE LE TIMING EST NUL, L'ÉQUIPE AVANCÉE ET TOI AVEZ UNE ESCALE SI BRÈVE.
JE SURVIVRAI. LA LÉGION PASSE D'ABORD.
ÉCOUTEZ, VOUS VOUS VOYEZ PEU TOUS LES DEUX. LAISSEZ-MOI EMMENER L'ÉQUIPE.
C'EST JUSTE À CHARGE DE REVANCHE.
JE NE PIGE PAS, MONSTRESS...
... TES ANCIENS COÉQUIPIERS DE XANTHU SONT DE VISITE AUJOURD'HUI ET TU NE VEUX PAS ÊTRE LÀ POUR LES VOIR?
JE NE SUIS PLUS UNE AMAZER, XS...

... ILS NE SONT LÀ QUE POUR CONVAINCRE LES EX-AMAZERS DE REVENIR À XANTHU. ENCORE UNE FOIS.
JE NE VEUX PAS M'EN MÊLER. UNE MISSION DE ROUTINE COMME ÇA SERA UNE BONNE DIVERSION.
ET C'EST L'ESPACE P.A. JE CONNAIS CE TERRITOIRE.
SI TU VEUX UNE VRAIE SURPRISE, PARAÎT QUE BRAINY EST VOLONTAIRE.
JE PENSE QU'IL SE SENT SEUL. KOKO LUI MANQUE...
* VU DANS LSH #121 US.
... MÊME S'IL L'ADMETTRA JAMAIS!
EXACT!
SATURN GIRL DIT QUE TU ES RESPONSABLE DE CETTE SORTIE, COS...
... IL RESTE UNE PLACE?
PLUS ON EST DE FOUS, APPARITION, PLUS...
TINYA! TINYA!

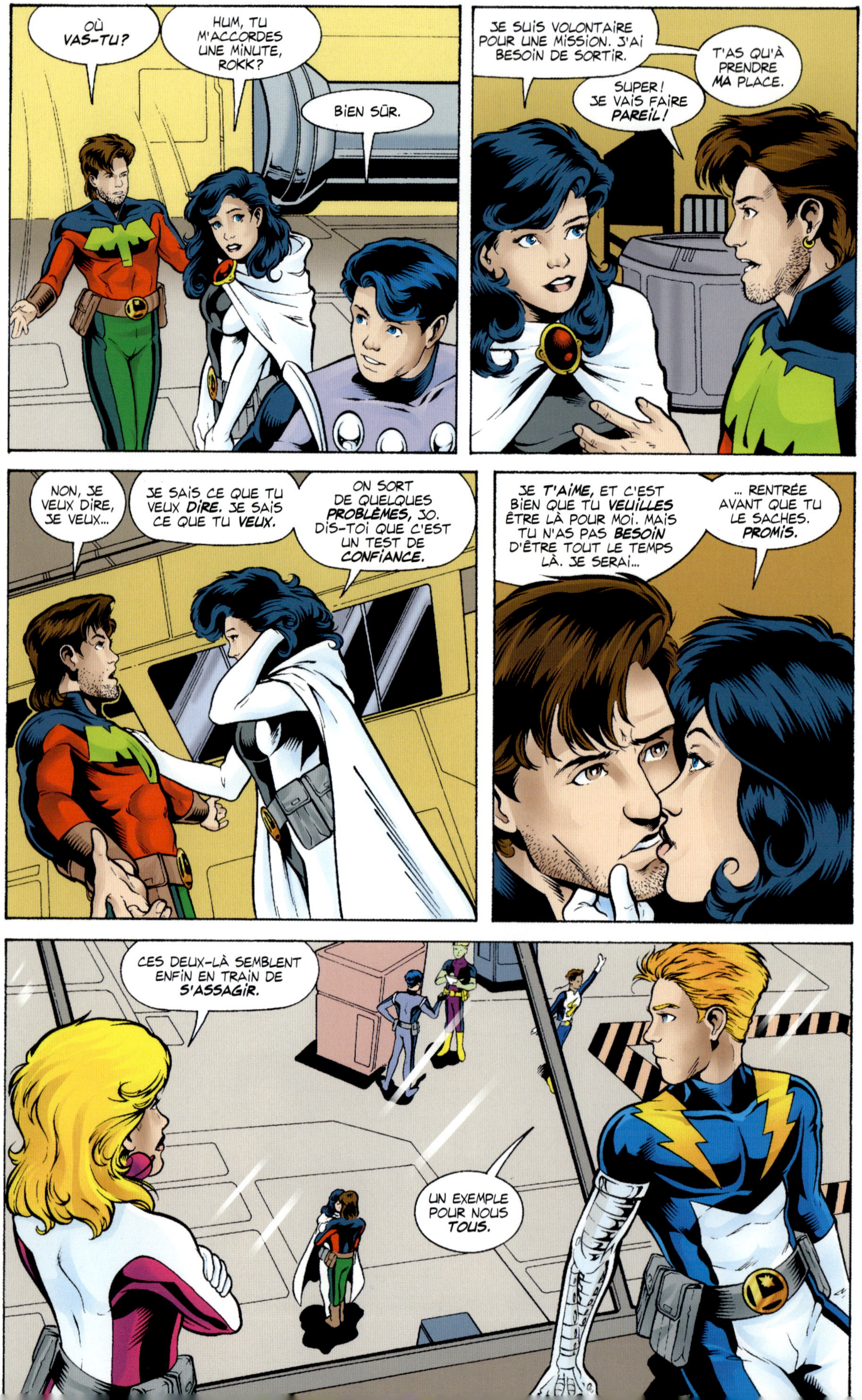

OÙ VAS-TU?
HUM, TU M'ACCORDES UNE MINUTE, ROKK?
BIEN SÛR.
JE SUIS VOLONTAIRE POUR UNE MISSION. J'AI BESOIN DE SORTIR.
T'AS QU'À PRENDRE MA PLACE.
SUPER! JE VAIS FAIRE PAREIL!
NON, JE VEUX DIRE, JE VEUX...
JE SAIS CE QUE TU VEUX DIRE. JE SAIS CE QUE TU VEUX.
ON SORT DE QUELQUES PROBLÈMES, JO. DIS-TOI QUE C'EST UN TEST DE CONFIANCE.
JE T'AIME, ET C'EST BIEN QUE TU VEUILLES ÊTRE LÀ POUR MOI. MAIS TU N'AS PAS BESOIN D'ÊTRE TOUT LE TEMPS LÀ. JE SERAI...
... RENTRÉE AVANT QUE TU LE SACHES. PROMIS.
CES DEUX-LÀ SEMBLENT ENFIN EN TRAIN DE S'ASSAGIR.
UN EXEMPLE POUR NOUS TOUS.

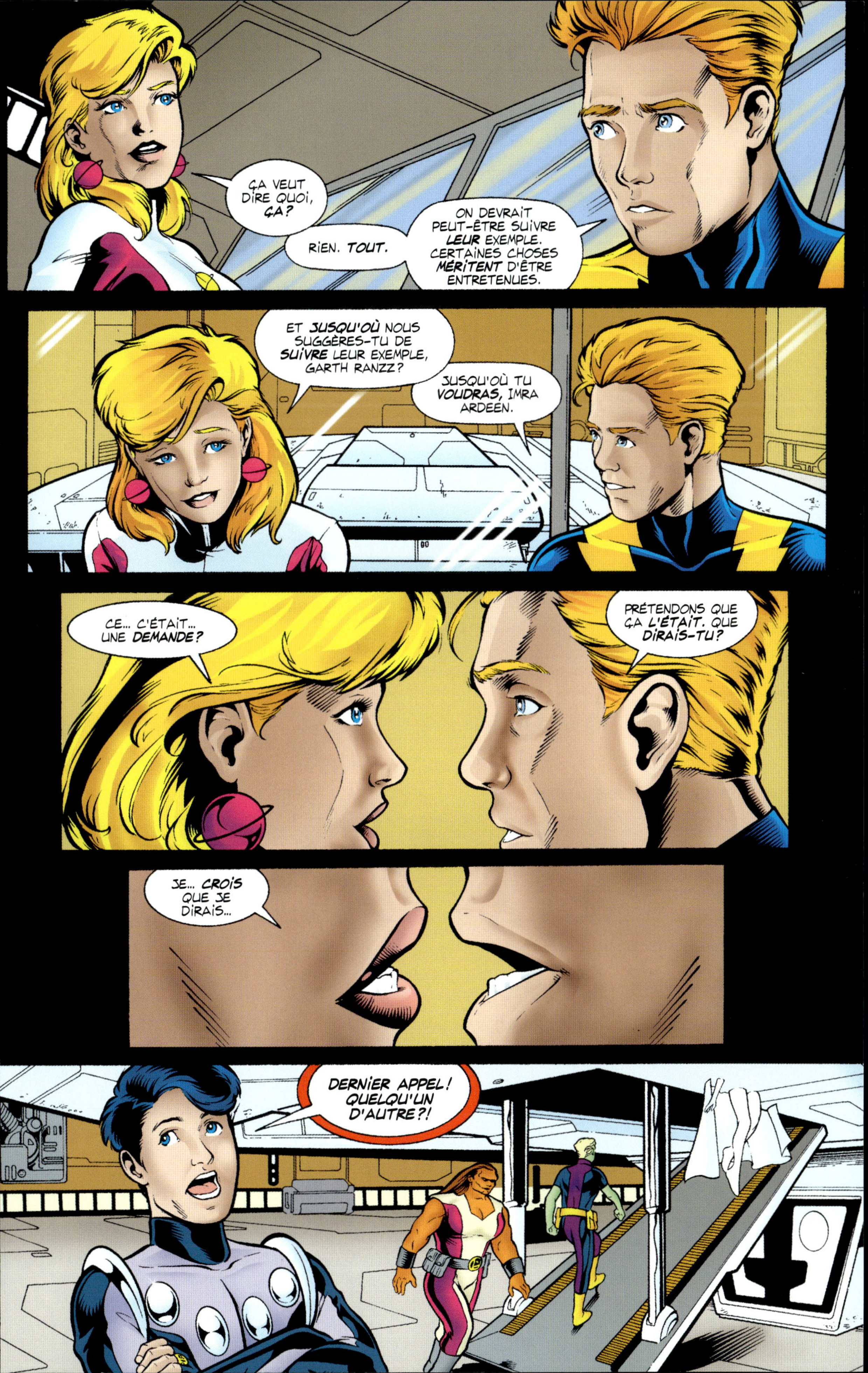
ÇA VEUT DIRE QUOI, ÇA?
RIEN. TOUT.
ON DEVRAIT PEUT-ÊTRE SUIVRE LEUR EXEMPLE. CERTAINES CHOSES MÉRITENT D'ÊTRE ENTRETENUES.
ET JUSQU'OÙ NOUS SUGGÈRES-TU DE SUIVRE LEUR EXEMPLE, GARTH RANZZ?
JUSQU'OÙ TU VOUDRAS, IMRA ARDEEN.
CE... C'ÉTAIT... UNE DEMANDE?
PRÉTENDONS QUE ÇA L'ÉTAIT. QUE DIRAIS-TU?
JE... CROIS QUE JE DIRAIS...
DERNIER APPEL! QUELQU'UN D'AUTRE?!

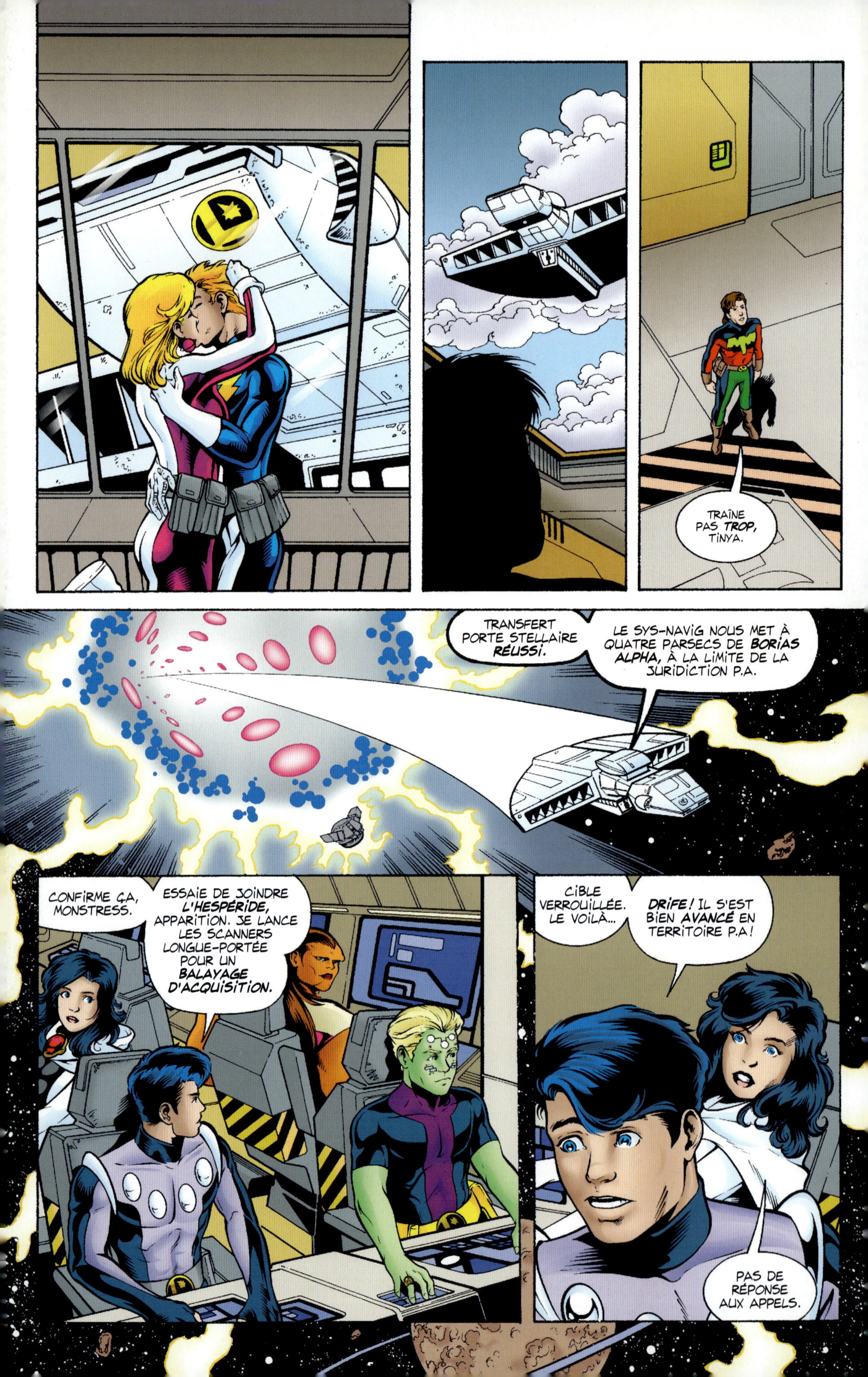
TRAÎNE PAS **TROP**, TINYA.
TRANSFERT PORTE STELLAIRE **RÉUSSI**.
LE SYS-NAVIG NOUS MET À QUATRE PARSECS DE **BORIAS ALPHA**, À LA LIMITE DE LA JURIDICTION P.A.
CONFIRME ÇA, MONSTRESS.
ESSAIE DE JOINDRE ***L'HESPÉRIDE***, APPARITION. JE LANCE LES SCANNERS LONGUE-PORTÉE POUR UN **BALAYAGE D'ACQUISITION**.
CIBLE VERROUILLÉE. LE VOILÀ...
DRIFE! IL S'EST BIEN **AVANCÉ** EN TERRITOIRE P.A!
PAS DE RÉPONSE AUX APPELS.

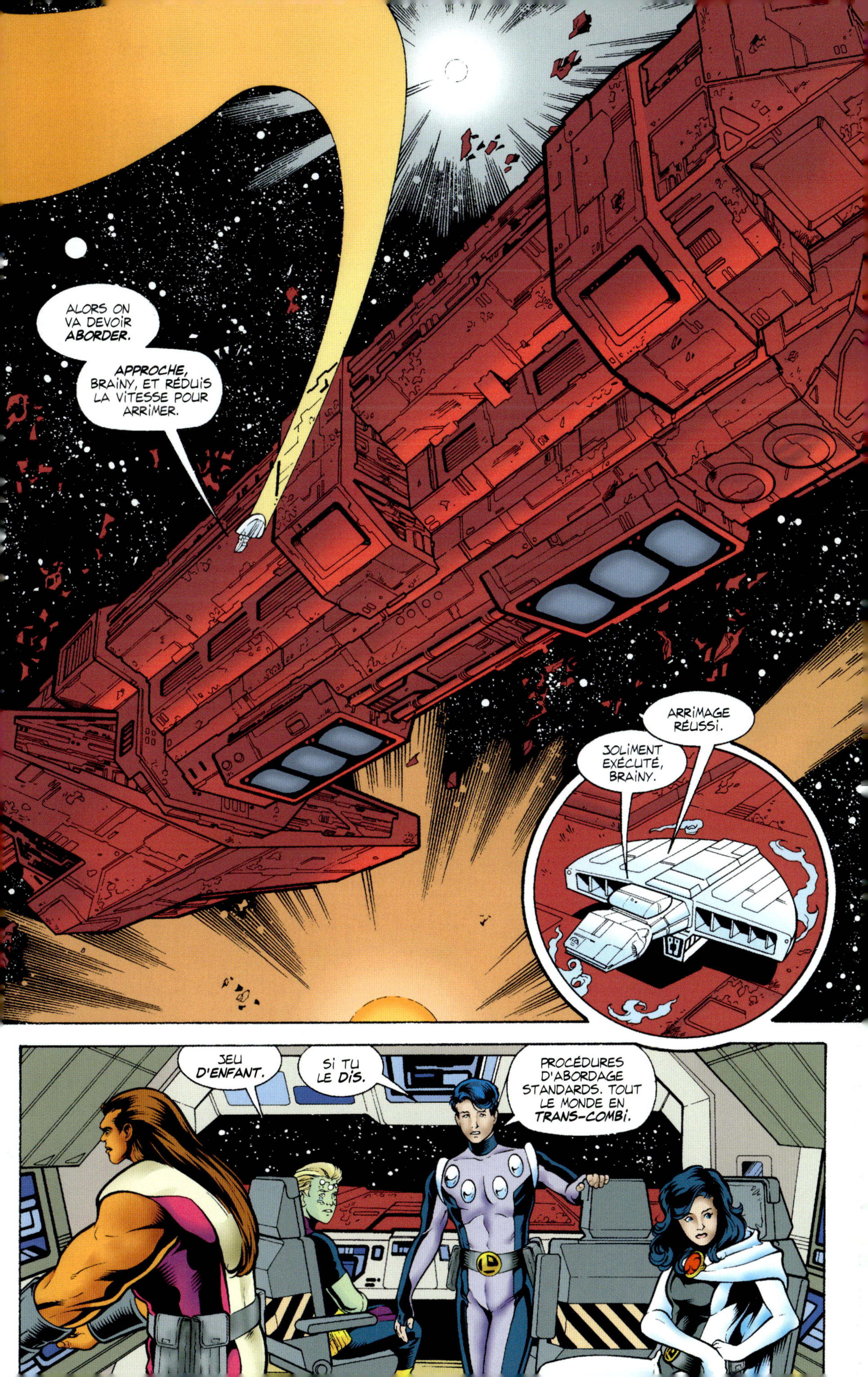
ALORS ON VA DEVOIR **ABORDER**.
APPROCHE, BRAINY, ET RÉDUIS LA VITESSE POUR ARRIMER.
ARRIMAGE RÉUSSI.
JOLIMENT EXÉCUTÉ, BRAINY.
JEU **D'ENFANT**.
SI TU LE **DIS**.
PROCÉDURES D'ABORDAGE STANDARDS. TOUT LE MONDE EN **TRANS-COMBI**.

MÊME LA PASSERELLE EST DÉSERTE ! QUE S'EST-IL PASSÉ ICI ?
J'ENREGISTRE DES SIGNES DE VIE TRENTE MÈTRES À L'ARRIÈRE. NIVEAU TRÈS FAIBLE.
VA VÉRIFIER. EMMÈNE MONSTRESS AVEC TOI.
D'APRÈS LES ÉCRANS, LES SYSTÈMES DE CONTRÔLE SONT VERROUILLÉS. ÇA COLLE AVEC L'APPEL DE DÉTRESSE.
VOYONS LE MANIFESTE DE CARGAISON...
... 6,3 MILLIARDS DE TONNES DE FRET... TEXTILES, GELS INERTES, BIENS DURABLES...
AUTREMENT DIT, PLEIN DE TRUCS, MAIS RIEN DE VALABLE À VOLER, EXACT ?
EXACT. RÂPÉ POUR MA THÉORIE DE PIRATERIE...
COSMIC BOY ! APPARITION ! VOUS DEVRIEZ VENIR PAR ICI !
DRIFE...
TOUT L'ÉQUIPAGE. GELÉS D'UN COUP.
MIS EN INCAPACITÉ SANS SUBTILITÉ NI PRÉVENANCE, MAIS ILS SONT VIVANTS, TOUT JUSTE.

ON PEUT... ON PEUT LES RÉANIMER?
SÛREMENT. MAIS LEUR ÉTAT EST STABLE, JE PRÉFÈRE LAISSER UN PERSONNEL MÉDICAL ENTRAÎNÉ LES RÉANIMER.
EN PLUS, ON LES AURA DANS LES PATTES...
"... ET MON BALAYAGE DES SYSTÈMES A TROUVÉ AUTRE CHOSE D'INTÉRESSANT..."
C'EST ÇA? UN GROS TROU DANS LA COQUE?
UNE CHOSE A DÉCHIRÉ LA MANCHE INTERNE DU BLINDAGE POUR ACCÉDER AUX ZONES DE BALLAST.
Y A JUSTE UN FOND DE CALE. UNE TONNE DE FERRAILLE...
LES MÉGACARGOS COMME CELUI-LÀ ONT PLUSIEURS SIÈCLES. L'ADAMITE ÉTAIT ALORS AFFREUSEMENT CHÈRE À SYNTHÉTISER, AUSSI IMPROVISAIENT-ILS DES BOUCLIERS À MÉTÉORES EN BOURRANT LA DOUBLE COQUE DE FERRAILLE.
TU AS UNE THÉORIE, N'EST-CE PAS?
"INTUITION" SERAIT PLUS APPROPRIÉ.
CE QUI A PRIS CE CARGO N'EST PAS APRÈS LA CARGAISON...
... MAIS APRÈS QUELQUE CHOSE DANS LE BALLAST.
BUDDA BUDDA BUDDA BUDDA
QUOI...?
AU SOL ET À COUVERT! VITE!

POULS DÉTECTÉS. BATTERIES PRINCIPALES SUR CIBLES.
C'EST QUOI, CE TRUC?
ON DIRAIT UNE SORTE DE... ROBOT MILITAIRE!
MAINTENANT, ON SAIT CE QUI A PRIS CE CARGO!
CORRECTION... MAINTENANT, ON SAIT CE QUI EST SORTI DES BALLASTS.
QU'EST-CE QUE TU RACONTES?
ROBOT DE COMBAT SÉRIE ARES. CONSTRUIT PAR LES HUMAINS IL Y A CINQ SIÈCLES.
CONSCIENCE ROBOTIQUE TRÈS AVANCÉE, AVEC DONNÉES PRIORITAIRES SUR LE CIRCUIT ASIMOV.
BREF, CE ROBOT PEUT TUER.

ALORS ON DOIT L'ÉTEINDRE !
CIBLE VOLANTE. ALIGNEMENT.
THOOM !
DRIFE ! MES POUVOIRS MAGNÉTIQUES NE L'AFFECTENT PAS !
BUDDA BUDDA BUDDA
SI TU M'AVAIS LAISSÉ FINIR...
... TU AURAIS APPRIS QU'IL EST FAIT DE PLASTIQUE DURCI À LA CÉRAMIQUE... ET DE QUASIMENT AUCUNE SUBSTANCE FERREUSE.
CIBLE VERROUILLÉE. TIR.
BUDDA BUDDA BUDDA
ET IL EST TRÈS PRIMITIF !
FWUNCH !
BEAU SAUVETAGE. MERCI.
QUAND TU VEUX.
EH BIEN PRÉPARE-TOI À REMETTRE ÇA TOUT DE SUITE !
REGARDEZ !

POULS DÉTECTÉS.
MISE EN JOUE.
SUPER! ET ON N'A MÊME PAS ENCORE BOUSILLÉ LE PREMIER!
BRAINY, QU'EST-CE QUE TU ENTENDAIS PAR "SORTI DU BALLAST"...?
LA SÉRIE ARES A ÉTÉ UNE GRANDE EXPÉRIENCE DE ROBOTIQUE... ON POUVAIT LES PROGRAMMER POUR TUER DES CIBLES DÉSIGNÉES.
TU ME SUIS? ON LEUR A DONNÉ UN LIBRE ARBITRE! C'EST CE QUI A MENÉ À LA GRANDE COUPURE!
MON HISTOIRE DU VINGT-CINQUIÈME SIÈCLE EST UN PEU ROUILLÉE... LA "GRANDE COUPURE"?
LES ARES FORMAIENT LE FRONT DE DÉFENSE DE L'HUMANITÉ AVANT D'ÊTRE INFECTÉS PAR LE VIRUS METALLO.
LE VIRUS A EXPLOITÉ LES POINTS FAIBLES DE LEUR PROGRAMME ET LES A RETOURNÉS CONTRE LA RACE HUMAINE!
IL Y A EU UNE GUERRE. LES ROBOTS INFECTÉS ONT ÉTÉ DÉTRUITS. LES NON-INFECTÉS ONT ACCEPTÉ DE COUPER LEUR SYSTÈME JUSQU'À CE QU'ON TROUVE UN REMÈDE AU VIRUS.
PERSONNE N'A TROUVÉ DE REMÈDE, ALORS LA SÉRIE ARES A ÉTÉ MISE AU REBUT.
ET ILS ONT FINI EN FERRAILLE À BALLAST SUR LES VIEUX CARGOS?
MAIS ALORS, QUI RÉVEILLE CES ROBOTS ET LES RÉARME?

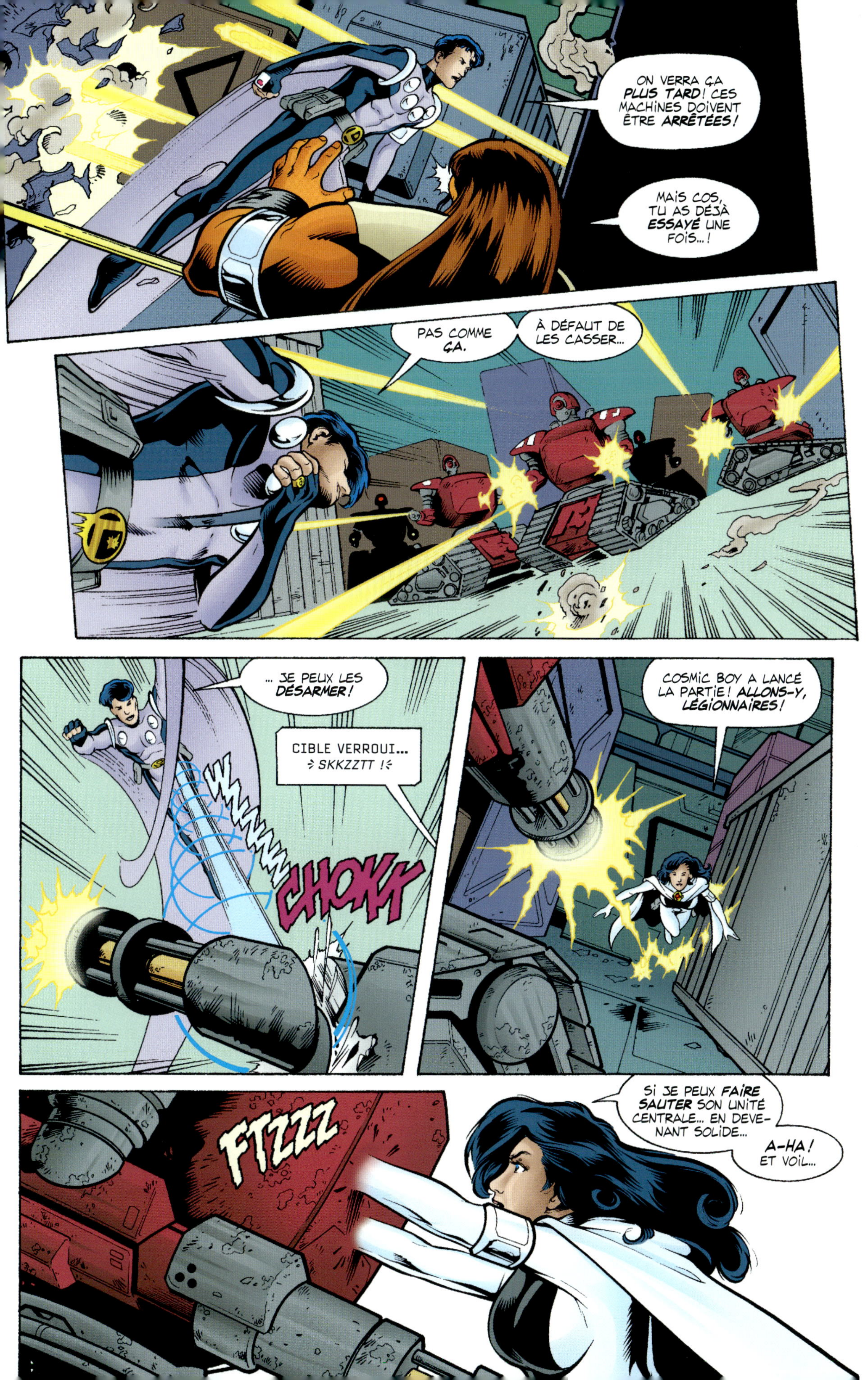
ON VERRA ÇA PLUS TARD! CES MACHINES DOIVENT ÊTRE ARRÊTÉES!
MAIS COS, TU AS DÉJÀ ESSAYÉ UNE FOIS... !
PAS COMME ÇA.
À DÉFAUT DE LES CASSER...
... JE PEUX LES DÉSARMER!
CIBLE VERROUI... SKKZZTT !
WNNNN
CHOKK
COSMIC BOY A LANCÉ LA PARTIE! ALLONS-Y, LÉGIONNAIRES!
FTZZZ
SI JE PEUX FAIRE SAUTER SON UNITÉ CENTRALE... EN DEVENANT SOLIDE...
A-HA! ET VOIL...

FZZZZ-
BOOM!
... GNNHH!
CIBLE VERROUILLÉE.
UHNN... T-TOUT EST EMBROUILLÉ...
... JO, JE...
WHOOOM!
JO N'EST PAS LÀ, CHÉRIE. ÇA IRA SI C'EST MOI?
BRAINY! TU SAURAIS PAS COMMENT LES ÉTEINDRE?
BRAINIAC?!
HMPH! TU PARLES D'UN CERVEAU!

"BRAINIAC"?
"BRAINIAC"?
"BRAINIAC"?
ARRÊTEZ DE CRIER ! J'Y TRAVAILLE !
CIBLE BRAINIAC IDENTIFIÉE. MAUDIT DE COLU. VISER ET DÉTRUIRE.
SUIS PRESQUE...
K-CHAK!
CODE GÉNÉTIQUE CORRESPOND AU MAUDIT DE COLU. DÉTRUIRE. DÉTRUIRE.
K-CHAK!
K-CHAK!
K-CHAK!
KLIK
VOILÀ !

CIRCUIT ASIMOV RÉINITIALISÉ.
APPLICATION ASIMOV UNE : UN ROBOT NE NUIRA PAS À LA VIE HUMANOÏDE.
DEUX : UN ROBOT NE COMMETTRA PAS D'ACTE NUISANT DIRECTEMENT OU INDIRECTEMENT À LA VIE HUMANOÏDE.
TROIS : UN ROBOT NE DOIT PAS, PAR L'INACTION, AMENER LA VIE HUMANOÏDE À SUBIR UNE NUISANCE.
TU LES AS ARRÊTÉS?
LES LOIS SONT LES LOIS.
WHOAH! ILS ONT EU L'AIR DE VOULOIR TA PEAU DÈS QU'ILS ONT ENTENDU TON NOM!
OUAIS...
...ET POURQUOI?
J'AI JAMAIS ÉTÉ POPULAIRE, APPARITION.
C'EST PAS UNE RAISON, BRAINY... JE VEUX DES RÉPONSES! D'ABORD...
... HEU, SI TU AS ARRÊTÉ LES ROBOTS DE COMBAT... QUI NOUS TIRE DESSUS?
THOOM! THOOM! THOOM!

MISSION DE RÉCUPÉRATION INTERROMPUE.
ALLIÉS ROBOTS ARRÊTÉS PAR HUMANOÏDES.
IDENTIFICATION D'UN BRAINIAC !
LOUÉ SOIT ROBOTICA ! LE COLUAN ET SES PARTISANS VONT ÊTRE SUPPRIMÉS !
KZZAAAAPKKK

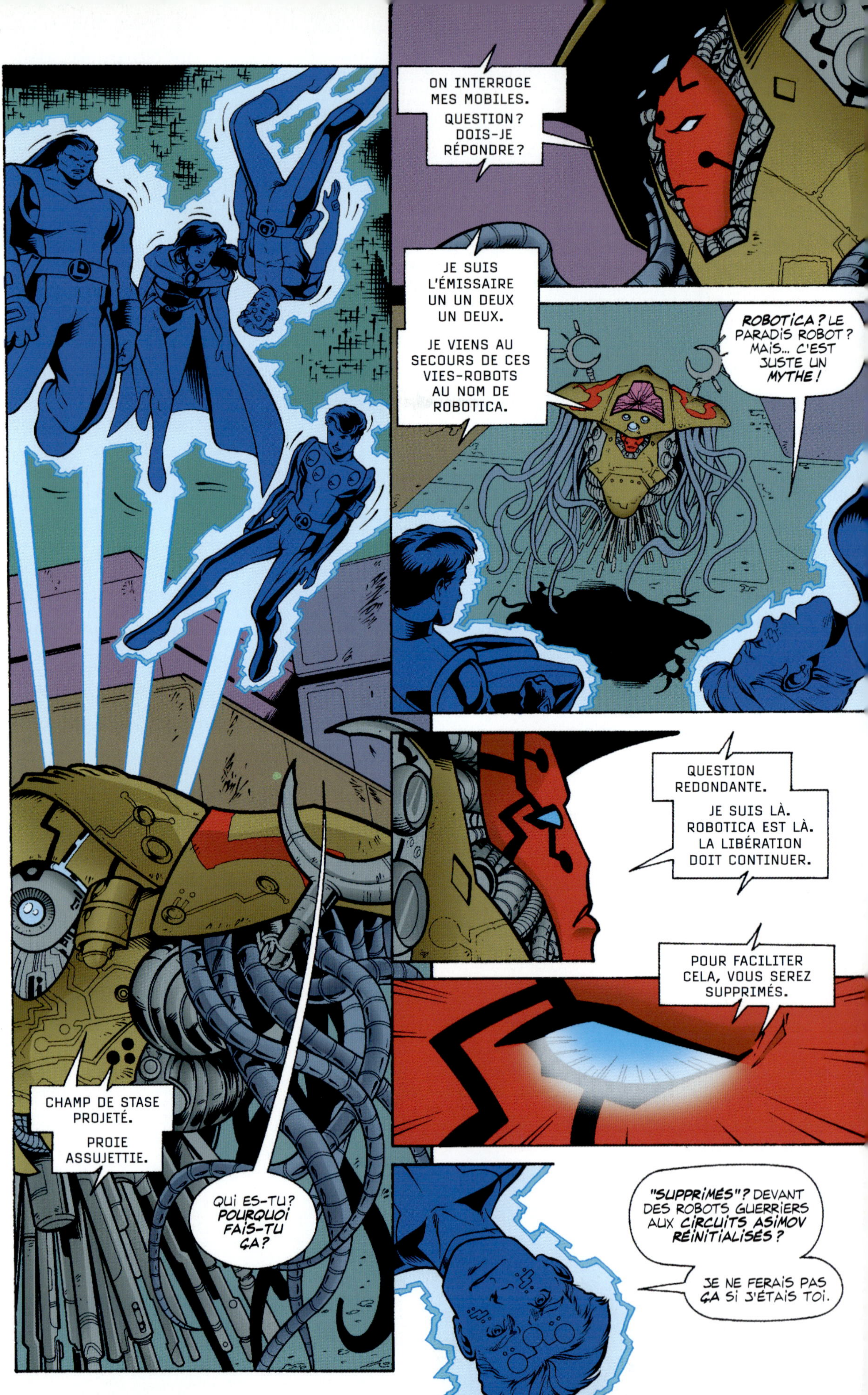
CHAMP DE STASE PROJETÉ.
PROIE ASSUJETTIE.
QUI ES-TU? POURQUOI FAIS-TU ÇA?
ON INTERROGE MES MOBILES.
QUESTION? DOIS-JE RÉPONDRE?
JE SUIS L'ÉMISSAIRE UN UN DEUX UN DEUX.
JE VIENS AU SECOURS DE CES VIES-ROBOTS AU NOM DE ROBOTICA.
ROBOTICA? LE PARADIS ROBOT? MAIS... C'EST JUSTE UN MYTHE!
QUESTION REDONDANTE.
JE SUIS LÀ. ROBOTICA EST LÀ. LA LIBÉRATION DOIT CONTINUER.
POUR FACILITER CELA, VOUS SEREZ SUPPRIMÉS.
"SUPPRIMÉS"? DEVANT DES ROBOTS GUERRIERS AUX CIRCUITS ASIMOV RÉINITIALISÉS?
JE NE FERAIS PAS ÇA SI J'ÉTAIS TOI.

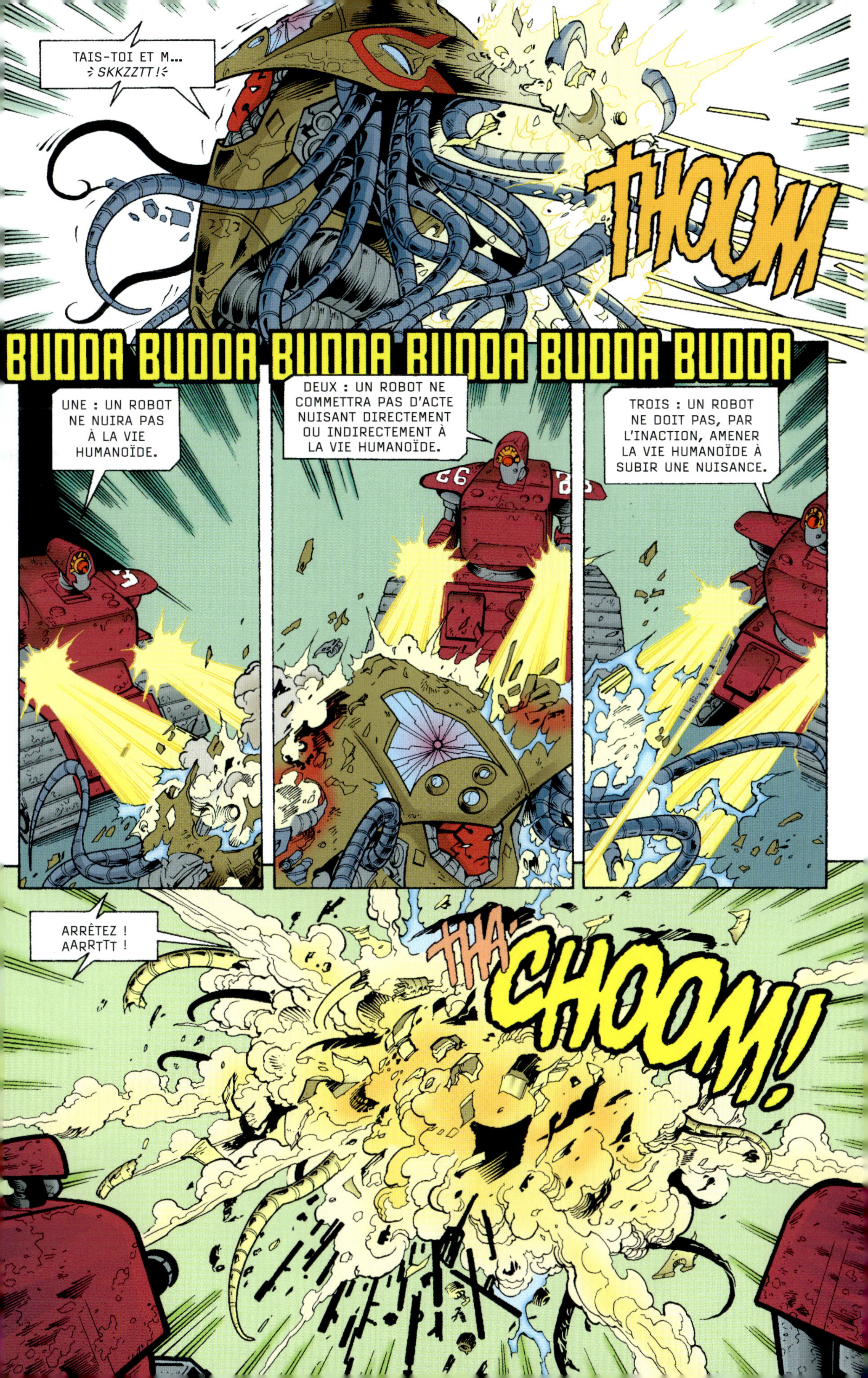

TAIS-TOI ET M... ⚡SKKZZTT !⚡
THOOM
BUDDA BUDDA BUDDA BUDDA BUDDA BUDDA
UNE : UN ROBOT NE NUIRA PAS À LA VIE HUMANOÏDE.
DEUX : UN ROBOT NE COMMETTRA PAS D'ACTE NUISANT DIRECTEMENT OU INDIRECTEMENT À LA VIE HUMANOÏDE.
TROIS : UN ROBOT NE DOIT PAS, PAR L'INACTION, AMENER LA VIE HUMANOÏDE À SUBIR UNE NUISANCE.
ARRÊTEZ ! AARRTTT !
THA-CHOOM!

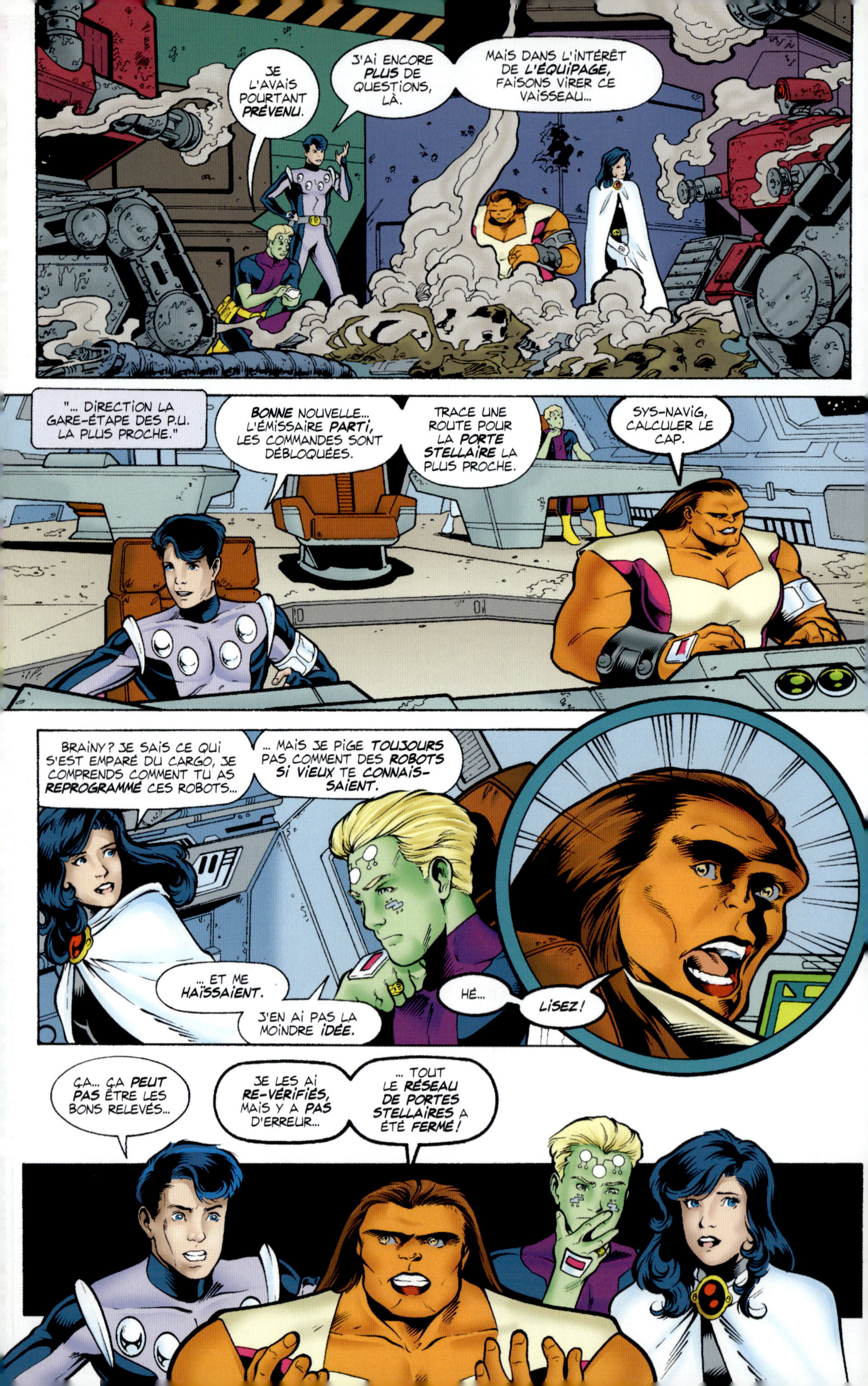
JE L'AVAIS POURTANT PRÉVENU.
J'AI ENCORE PLUS DE QUESTIONS, LÀ.
MAIS DANS L'INTÉRÊT DE L'ÉQUIPAGE, FAISONS VIRER CE VAISSEAU...
"... DIRECTION LA GARE-ÉTAPE DES P.U. LA PLUS PROCHE."
BONNE NOUVELLE... L'ÉMISSAIRE PARTI, LES COMMANDES SONT DÉBLOQUÉES.
TRACE UNE ROUTE POUR LA PORTE STELLAIRE LA PLUS PROCHE.
SYS-NAVIG, CALCULER LE CAP.
BRAINY? JE SAIS CE QUI S'EST EMPARÉ DU CARGO, JE COMPRENDS COMMENT TU AS REPROGRAMMÉ CES ROBOTS...
... MAIS JE PIGE TOUJOURS PAS COMMENT DES ROBOTS SI VIEUX TE CONNAISSAIENT.
... ET ME HAÏSSAIENT.
J'EN AI PAS LA MOINDRE IDÉE.
HÉ...
LISEZ!
ÇA... ÇA PEUT PAS ÊTRE LES BONS RELEVÉS...
JE LES AI RE-VÉRIFIÉS, MAIS Y A PAS D'ERREUR...
... TOUT LE RÉSEAU DE PORTES STELLAIRES A ÉTÉ FERMÉ!

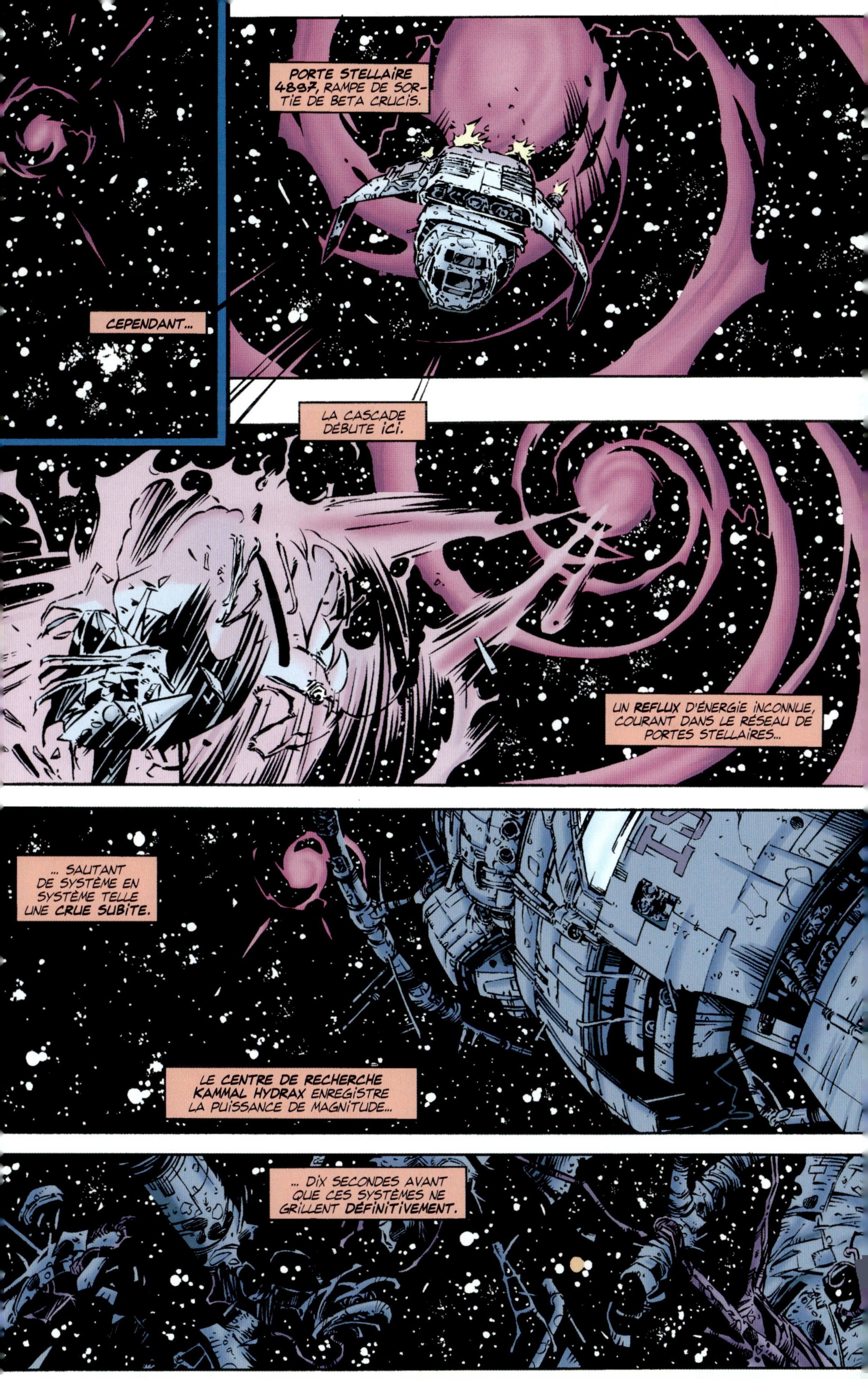
CEPENDANT...
PORTE STELLAIRE 4897, RAMPE DE SORTIE DE BETA CRUCIS.
LA CASCADE DÉBUTE ICI.
UN REFLUX D'ÉNERGIE INCONNUE, COURANT DANS LE RÉSEAU DE PORTES STELLAIRES...
... SAUTANT DE SYSTÈME EN SYSTÈME TELLE UNE CRUE SUBITE.
LE CENTRE DE RECHERCHE KAMMAL HYDRAX ENREGISTRE LA PUISSANCE DE MAGNITUDE...
... DIX SECONDES AVANT QUE CES SYSTÈMES NE GRILLENT DÉFINITIVEMENT.

ELLE CONSUME LA PORTE 237 PRÈS DE XANTHU...
ELLE EMBRASE LE CIEL DE BRAAL...
AELPH, WINATH, KORZON 5, RIMBOR, LOBERZIA... ILS LA VOIENT TOUS PASSER, CINGLANT L'ESPACE EN FAISANT CROULER LE RÉSEAU DE PORTES STELLAIRES.
TOUS RESSENTENT SA SECOUSSE...
... MAIS PAS AUTANT QUE SA DESTINATION, LA...
...TERRE.

METROPOLIS, TERRE.
CHICO
LA FIN DU 30E SIÈCLE.
LA SPLENDEUR RELUISANTE DE L'ÂGE SUPER-MODERNE. **L'APOGÉE** DE LA RÉUSSITE CULTURELLE HUMAINE.
L'AVENIR DEVENU **RÉALITÉ**, DISAIENT-ILS.
TERRE ACCUEILLE LA GALAXIE
DIS, TU TE SOUVIENS DE LA **TERRE**?
ACCUEILLE LA GALAXIE .... TERRE ACCUEILL
AVANT QU'ELLE NE SOIT **ENTRELACÉE**. AVANT **LA GALE**.

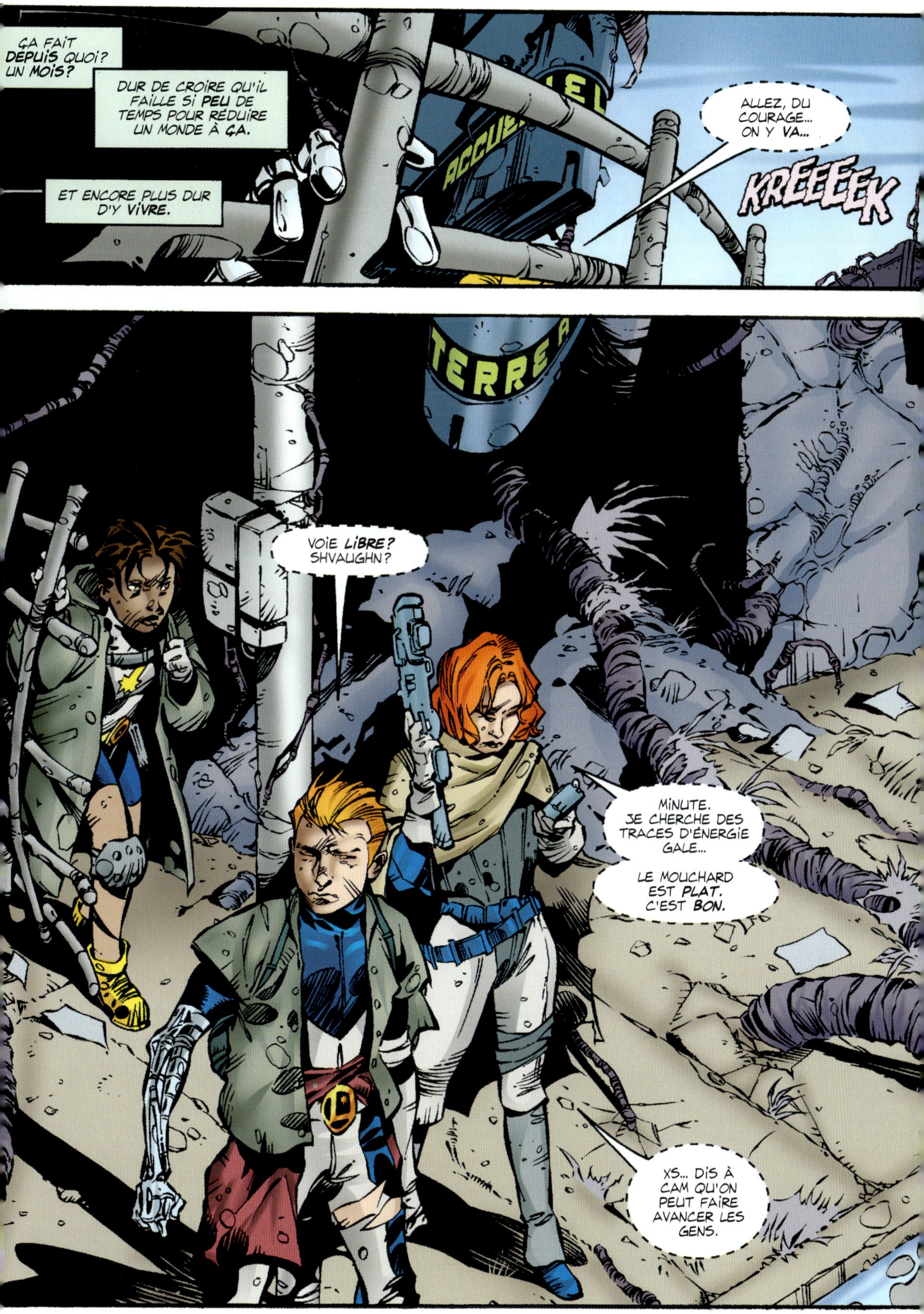
ÇA FAIT DEPUIS QUOI? UN MOIS?
DUR DE CROIRE QU'IL FAILLE SI PEU DE TEMPS POUR RÉDUIRE UN MONDE À ÇA.
ET ENCORE PLUS DUR D'Y VIVRE.
ALLEZ, DU COURAGE... ON Y VA...
KREEEEK
TERRE A
VOIE LIBRE? SHVAUGHN?
MINUTE. JE CHERCHE DES TRACES D'ÉNERGIE GALE...
LE MOUCHARD EST PLAT. C'EST BON.
XS... DIS À CAM QU'ON PEUT FAIRE AVANCER LES GENS.

LA RÉSISTANCE NE MONTE PAS SOUVENT AU NIVEAU DES RUES. MAIS LES FOIS COMME ÇA, ILS NE PEUVENT L'ÉVITER.
ICI, L'AIR SENT LA POURRITURE. LA PUTRESCENCE FONGIQUE. LA GALE.
ET PUIS IL Y A CE MAUDIT CIEL... LOURD, SOMBRE, BOURDONNANT COMME UN ÉCRAN-VID DÉRÉGLÉ.
ALLEZ, VITE... SUIVEZ LIVE WIRE ET LE LIEUTENANT ERIN. DÉPÊCHEZ...
O-ON NE RISQUE RIEN? ET LES GALES?
RESTEZ CALMES. LE PRÉSIDENT BRANDE A JURÉ DE FAIRE QUITTER LA PLANÈTE AU PLUS DE GENS POSSIBLE.
LAISSEZ-NOUS JUSTE VOUS MENER À LUI ET TOUT IRA BIEN. PROMIS.
CAM! RESSERRE LA FILE! ON N'EST PAS LÀ POUR LAMBINER! ALLEZ!
LE "RÉSEAU CLANDESTIN" VERS LA LIBERTÉ DE BRANDE EST LA SEULE LUEUR D'ESPOIR EN CES HEURES SOMBRES...

... ON DIT QUE LE PRÉSIDENT A UN QUARTIER GÉNÉRAL SECRET QUELQUE PART **SOUS** METROPOLIS.
QUAND IL AURA RÉCUPÉRÉ LE PLUS DE RÉFUGIÉS POSSIBLE, ON DIT QU'IL VA OUVRIR UNE **DERNIÈRE** PORTE STELLAIRE ET LES FAIRE PARTIR.
C'EST À LA **RÉSISTANCE** DE RÉUNIR CES QUELQUES CHANCEUX...
OH-OH...
JE VEUX PAS DES "OH-OH", SHVAUGHN... MAIS DES **RELEVÉS**. QUE RACONTE LE MOUCHARD?
J'AI UN ÉCHO, LIVE WIRE... FAIBLE INTENSITÉ, MAIS SÛREMENT DE **L'ÉNERGIE GALE**...
... ET QUI SE **RENFORCE**, C'EST **CERTAIN**.
BOUGEZ, TOUS!
BOUGEZ!
XS, CAM... METTEZ-LES À L'ABRI!
OH, DRIFE! **QU'EST-CE QU'IL Y A ?!**
SKRKAKK
VRILLE TÉLÉPORTEUSE GALE! ILS SE DÉPLOIENT **DERRIÈRE** NOUS!
GARTH, IL FAUT QU'ON **AVANCE!**
OKAY! PAR ICI! ON PEUT PEUT-ÊTRE...
... DRIFE!

SALUT, GARTH.
FINI DE COURIR.

SHVAUGHN! EMMÈNE LES AUTRES!
PLAN D'ÉVASION BRANDE DELTA!
SHRAKK
WHOOM
ON... ON N'A PAS UNE CHANCE...!
TAIS-TOI! TU VEUX DÉTRUIRE TOUT ESPOIR QU'IL RESTE À CES GENS? RAMÈNE-LES SOUS TERRE!
ZZARK
ZARK
OUI, XS... VA LES METTRE EN SÉCURITÉ ! MÊME SI ÇA LEUR SERA GUÈRE UTILE.
ET TOI, LIVE WIRE ! MON PAUVRE... ON EST TES ANCIENS COÉQUIPIERS ! TES AMIS !
SI TU AVAIS IDÉE DE LA JOIE LIBÉRATRICE DE LA GALE !
LÀ... LAISSE-MOI TE MONTRER !
GAAAHHNF!
UGHN!
ZPAKK
ZPAK
GARTH! ALLEZ, LÈVE-TOI! DEBOUT!

UHNFF!
THUKK
WHOKK
N'ESSAIE PAS DE RÉSISTER, FLIC DE SCIENCE !
J'AI PAS BESOIN D'ULTRA BOY OU UMBRA POUR T'ACHEVER.
TU SAIS QU'ON N'EST PAS DU MÊME NIVEAU.
UHKK...!
ZWWIPPP
AHK... HEIN?
TU ÉTAIS MON AMI, KARATÉ KID.
ÇA VA ME FAIRE AUSSI MAL QU'À TOI.
CHOOOM
GARANTI.

ALLEZ ! PAR ICI ! NE PANIQUEZ PAS !
FICHUS ! LA GALE VA NOUS DÉVORER !
NON ! NON ! NE...
EN FAIT...
... OUI.
J'AI MON MOT À DIRE !
WRAKK
ET CROIS-MOI...
... IL EST GROS !
NAVRANT.
TU TE TORTILLES, TU MUTES...
WHOMMTCH
... MAIS QUELLE QUE SOIT TA FORME, TU NE POURRAS RÉSISTER À NOTRE DOMINATION.
VOUS, VOUS ALLEZ VENIR AVEC MOI.
TOUT DE SUITE !

ON REMET ÇA, LIVE WIRE... ?
SHKOOM
?!
GNUHH!
DRIFE...
... ILS NOUS ONT COINCÉS!
CAM? XS?
CESSE DE RÉSISTER, SHVAUGHN...
AAAIGHHH!
... ET SOIS UNE DES NÔTRES.

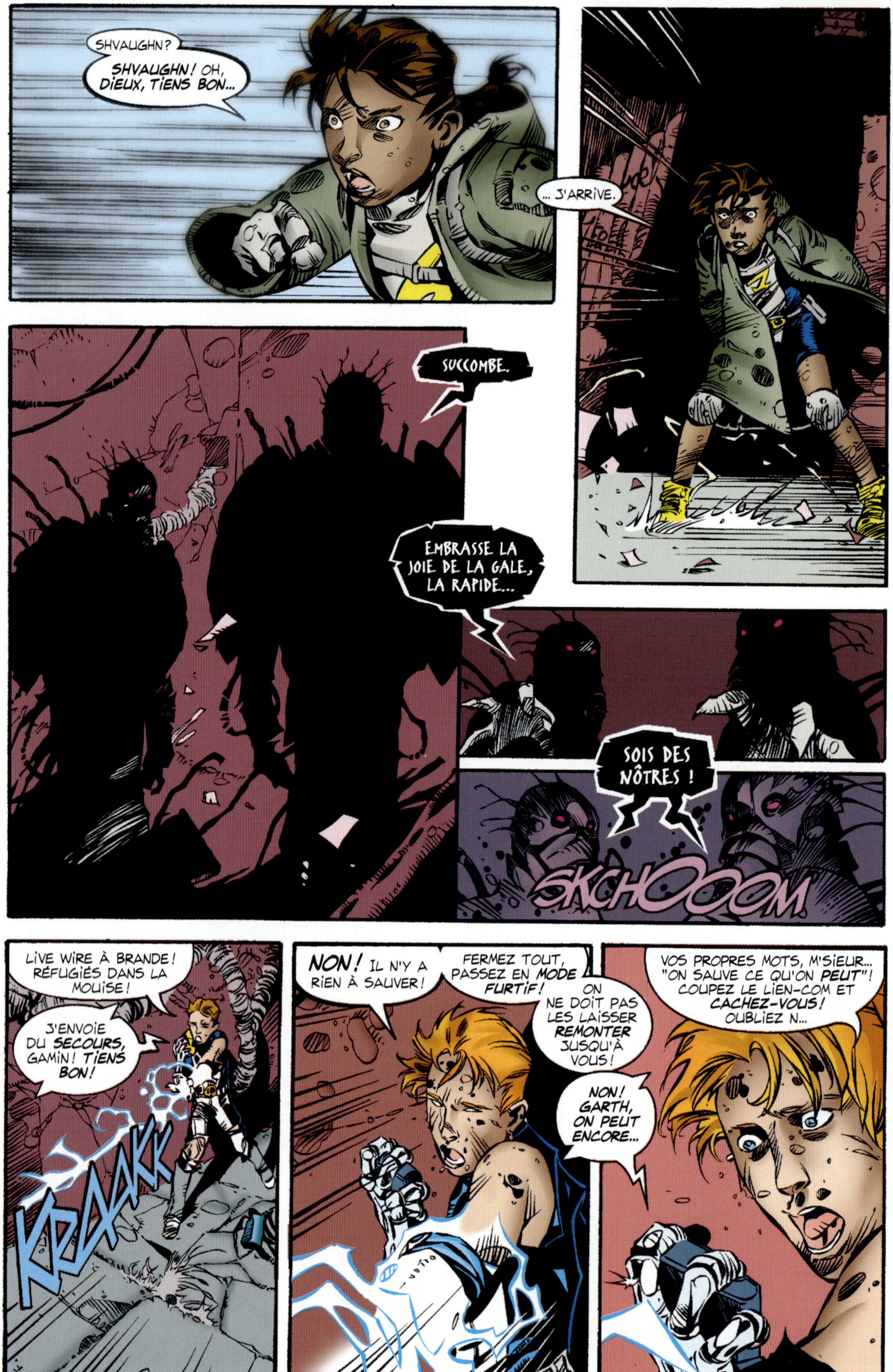
SHVAUGHN?
SHVAUGHN! OH, DIEUX, TIENS BON...
... J'ARRIVE.
SUCCOMBE.
EMBRASSE LA JOIE DE LA GALE, LA RAPIDE...
SOIS DES NÔTRES !
SKCHOOOM
LIVE WIRE À BRANDE ! RÉFUGIÉS DANS LA MOUISE !
J'ENVOIE DU SECOURS, GAMIN ! TIENS BON !
KRAAKK
NON ! IL N'Y A RIEN À SAUVER !
FERMEZ TOUT, PASSEZ EN MODE FURTIF !
ON NE DOIT PAS LES LAISSER REMONTER JUSQU'À VOUS !
NON ! GARTH, ON PEUT ENCORE...
VOS PROPRES MOTS, M'SIEUR... "ON SAUVE CE QU'ON PEUT" ! COUPEZ LE LIEN-COM ET CACHEZ-VOUS ! OUBLIEZ N...

FZOORP
AGHHH!
GAME OVER, GARTH.
TU AS PERDU.
TAK
BRANDE À LIVE WIRE! LIVE WIRE, QU'EST-CE QU'IL Y A?
GARTH! TU ES ENCORE... SZZTCH
SHHRIIIIKK
GLLKK!
GHHGHHH!
SHRAKK
GGGHHHH...
KRIKK
SKLITTCH
SCLOTCH
J'AI DÛ UTILISER LE SEMEUR D'HERBE ÉTOUFFANTE SUR LE CHEF, MAÎTRES. IL EST FICHU.
QU'AVEZ-VOUS EU ?
LA RAPIDE. ELLE SERVIRA NOS DESSEINS.
LA FEMME ERIN EST AUSSI À NOUS.
ÇA A ÉTÉ UNE BONNE JOURNÉE.

LES HUMAINS SONT MAÎTRISÉS. PRÉVENEZ LA TIGE. NOUS RENTRONS.
FSSAHPPP

OH, GARTH...
SALETÉ D'HERBE ÉTOUFFANTE... COMME AVEC LYLE...
I-ILS ONT EU TOUT LE MONDE. XS, SHVAUGHN, LES GENS... TOUS SAUF MOI.
JE... JE VOULAIS LES ARRÊTER... MAIS J'AI PAS PU...
... J'AI PAS PU...
"J'AI ESSAYÉ... MAIS EN VAIN..."

IL Y A UN MOIS, CECI ÉTAIT LE VIEUX JARDIN MUNICIPAL, À L'OUEST DE LA VILLE.
C'EST LE CAMP D'INTERNEMENT À PRÉSENT. LES DÉTENUS HUMAINS Y SONT TRAITÉS, EN ROUTE POUR LEUR SORT FINAL.
LA VRILLE D'ÉNERGIE DE TÉLÉPORTATION LES AMÈNE D'ABORD ICI.
SKRKAKK
RAPPORT DE LA RAFLE DU DISTRICT 38.
ON A DES RÉFUGIÉS HUMAINS ET DEUX MEMBRES DE LA CELLULE DE RÉSISTANCE DE BRANDE.
S'IL Y A UN ÉLÉMENT DE RÉSISTANCE DANS CETTE CAPTURE, ILS DOIVENT TOUS ÊTRE INTERROGÉS.
MENEZ-LES À LA TIGE.
LA TIGE.
NUL NE REVIENT DE LA TIGE.

VOICI LA TIGE.
D'ICI, LES GALES PRODUISENT LES RUBANS D'ÉNERGIE QU'ILS UTILISENT POUR SE DÉPLACER.
IMMENSE ET UNIQUE ORGANISME POUR BEAUCOUP, LES SAVANTS DE LA RÉSISTANCE CROIENT QUE LA TIGE FAIT PARTIE DU RÉSEAU QUI A MENÉ LA GALE SUR TERRE.
NUL N'A JAMAIS CONFIRMÉ CETTE CROYANCE...
... PARCE QUE NUL NE REVIENT JAMAIS DE LA TIGE.

REEP DAGGLE, LE LÉGIONNAIRE SURNOMMÉ CAMÉLÉON, EST TOUT SEUL À PRÉSENT.
DE SA POSITION ACTUELLE, IL Y A HUIT ITINÉRAIRES PRATIQUES POUR REJOINDRE LE Q.G. DE BRANDE.
IL NE PEUT EN PRENDRE AUCUN. IL N'OSE PAS.
LES GALES SONT INTELLIGENTS. ILS AURAIENT PU LUI PERMETTRE DE S'ÉCHAPPER JUSTE POUR POUVOIR LE SUIVRE JUSQU'À LA PLANQUE.
IL NE PEUT PLUS Y RETOURNER, MAINTENANT. ET PUIS, LA RÉSISTANCE AURA DÉJÀ BOUGÉ. IL EST SEUL.
EN VÉRITÉ, IL NE SAIT PAS QUOI FAIRE. IL A BESOIN DE TEMPS POUR PENSER... REPOSER SON ESPRIT TROUBLÉ...

IL Y A UN MOIS, CECI ÉTAIT LE Q.G. DE LA POLICE SCIENTIFIQUE.
CE N'EST PLUS QU'UNE COQUE VIDE DEPUIS QUE L'ÉQUIPE DE SENSOR A TRAGIQUEMENT RÉALISÉ QUE LES GALES AVAIENT APPRIS À PISTER LES ANNEAUX DE VOL DE LA LÉGION.
MAIS CE LIEU EST AUSSI BIEN QU'UN AUTRE...
... POUR RÉFLÉCHIR ET VOIR S'IL A ÉTÉ SUIVI.
IL N'EST PAS SURPRIS. IL EST RAVI DE SA PRUDENCE...
SHKROOM
MAIS REEP DAGGLE EST UN HÉROS. DE LA LÉGION.
ÇA VEUT TOUJOURS DIRE QUELQUE CHOSE.
OKAY, MEURTRIERS.
J'ARRIVE.

QUATRE DES GALEUX DANS UNE CHASSE À MORT.
REGARDEZ, TOUS... C'EST CAMÉLÉON !
ON VA MÊME PAS AVOIR À SUER.
LEURS MOTS BLESSENT. CERTAINS LÉGIONNAIRES VOYAIENT PEUT-ÊTRE LEUR CAMARADE MÉTAMORPHE COMME UNE BLAGUE, UN FANTAISISTE...
FRACHOOM
... MAIS IL S'EST ENDURCI DEPUIS LA DÉFAITE.
À SON ARRIVÉE AU Q.G. DE LA POLICE, IL A ENTOURÉ LA SALLE PRINCIPALE DE GRENADES INCAPACITANTES.
JE T'AURAI POUR ÇA, MONSTRE DURLAN !
JE TE METTRAI EN PIÈCES, UNE MOLÉCULE À LA FOIS !
CAM SAIT QUE STAR BOY FERA TOUT CE QU'IL A DIT.
LES GALEUX NE SONT PAS CONNUS POUR LEUR SENS DE L'HUMOUR.
OU LEUR PITIÉ.

OÙ ES-TU ? OÙ ES-TU, SALE TAS D'IMMONDICES ?!
GRÂCE À SES POUVOIRS DURLANS, CAM IMITE TOUT À LA PERFECTION. PEU D'ÊTRES PEUVENT VOIR SA SUPERCHERIE.
MAIS THOM KALLOR DE XANTHU S'APPELLE STAR BOY À CAUSE DE SES POUVOIRS DE... PESANTEUR.
IL DÉTECTE LES FLUCTUATIONS INFINITÉSIMALES DE GRAVITÉ. DES ANOMALIES AU NIVEAU QUANTIQUE.
TOUT EST QUESTION DE TEMPS...
TU ES LÀ !
... ET DE TIMING.
OZARK
OZARK

ARRGHH!
SONNÉ À PUISSANCE MAXIMALE À BOUT PORTANT. STAR BOY EST À TERRE POUR UN MOMENT.
PORTE STELLAIRE 4897, RAMPE DE SORTIE DE BETA CRUCIS.
CAM SE DEMANDE SI ÇA N'AURAIT PAS ÉTÉ PLUS GENTIL DE TUER SON AMI.
STAR BOY A CESSÉ D'ÊTRE À L'INSTANT OÙ IL A ÉTÉ ENTRELACÉ.
MAIS UN LÉGIONNAIRE NE TUE JAMAIS. C'EST DANS LE CODE.
UN CODE QUI N'A JAMAIS EU À TENIR COMPTE DE LA GALE.
DES BRUITS DEHORS. LES AUTRES CHASSEURS ONT ENTENDU L'ÉCHANGE. ILS SERONT SUR LUI DANS UN INSTANT.
IL EST TEMPS DE SE DÉCIDER...
KLIK
ATTENTION. ARME À PRÉSENT RÉGLÉE SUR DÉCHARGE MORTELLE.
KLAK
DIEUX PARDONNEZ-MOI...
JE SAIS QUE VOUS ÊTES LÀ. VENEZ OÙ JE PEUX VOUS...
... VOIR!

APPARITION. COSMIC BOY. BRAINIAC 5.1. MONSTRESS.
QUATRE LÉGIONNAIRES, PREMIÈRES VICTIMES PRÉSUMÉES DE LA GALE, DISPARUS DEPUIS PLUS D'UN MOIS.
QUATRE LÉGIONNAIRES QUI SONT BIEN VIVANTS, AVEC UNE QUESTION CAPITALE :
IL SE PASSE QUOI ICI, NOM DE DRIFE ?!

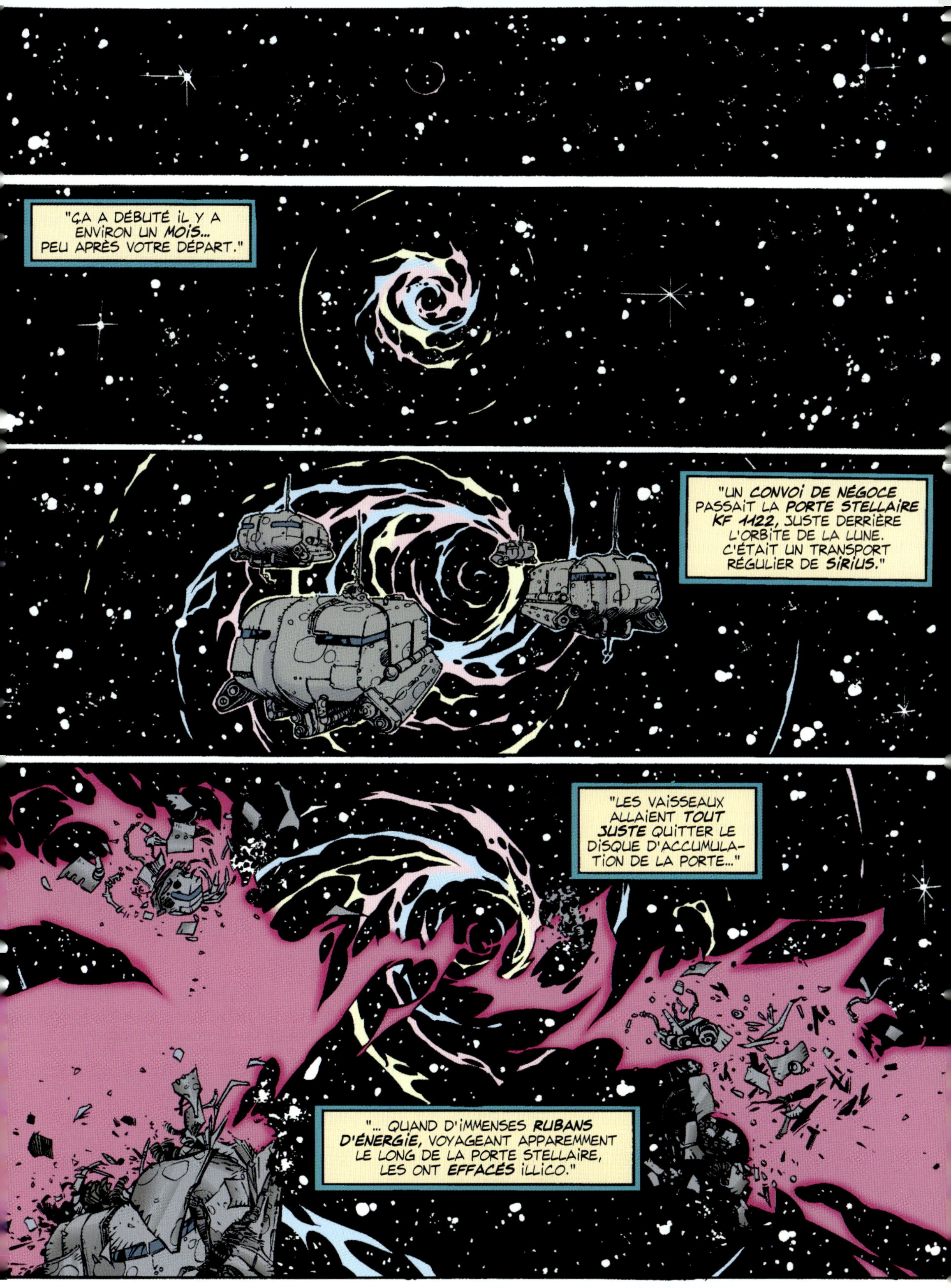
"ÇA A DÉBUTÉ IL Y A ENVIRON UN MOIS... PEU APRÈS VOTRE DÉPART."
"UN CONVOI DE NÉGOCE PASSAIT LA PORTE STELLAIRE KF 1122, JUSTE DERRIÈRE L'ORBITE DE LA LUNE. C'ÉTAIT UN TRANSPORT RÉGULIER DE SIRIUS."
"LES VAISSEAUX ALLAIENT TOUT JUSTE QUITTER LE DISQUE D'ACCUMULATION DE LA PORTE..."
"... QUAND D'IMMENSES RUBANS D'ÉNERGIE, VOYAGEANT APPAREMMENT LE LONG DE LA PORTE STELLAIRE, LES ONT EFFACÉS ILLICO."

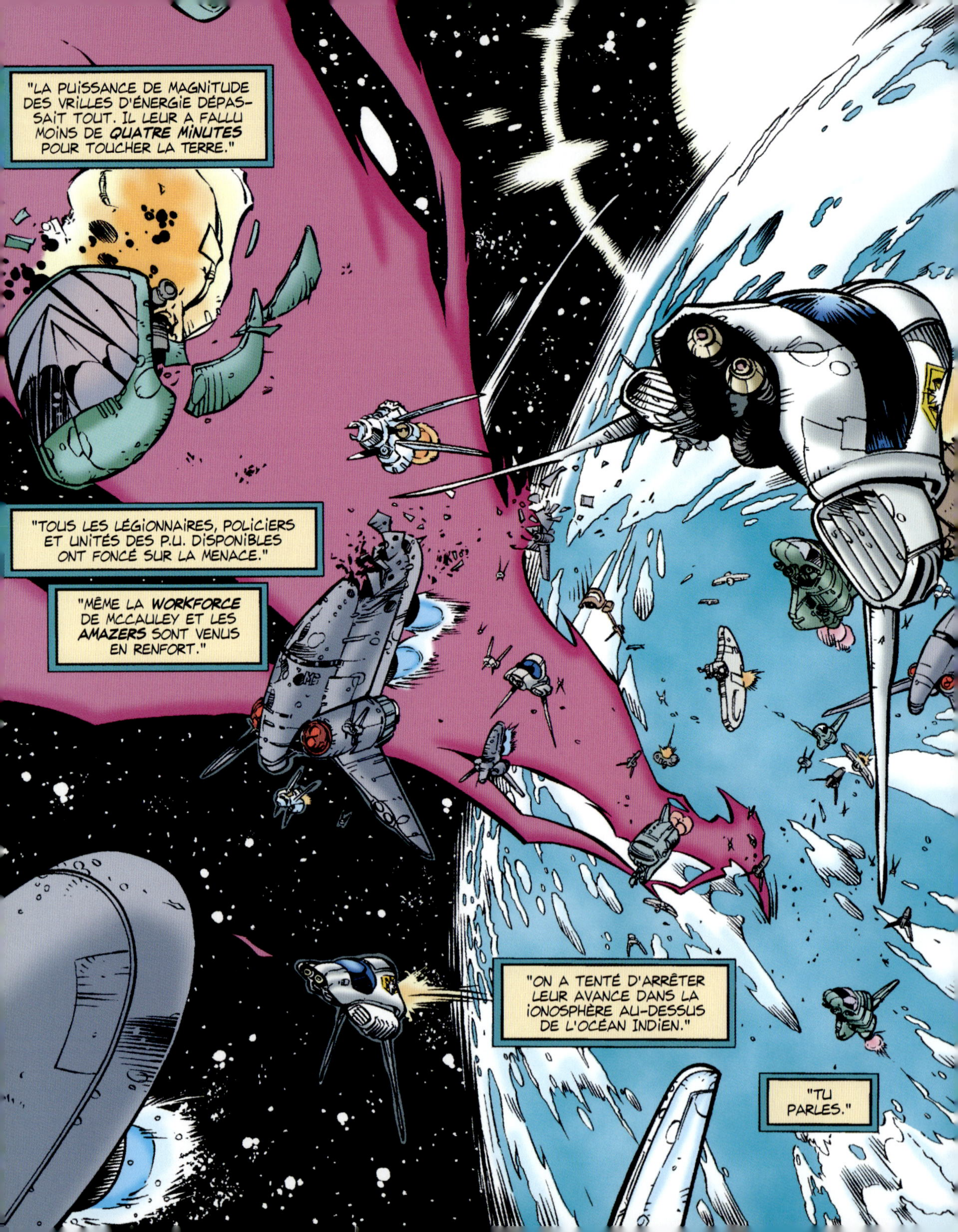
"LA PUISSANCE DE MAGNITUDE DES VRILLES D'ÉNERGIE DÉPASSAIT TOUT. IL LEUR A FALLU MOINS DE QUATRE MINUTES POUR TOUCHER LA TERRE."
"TOUS LES LÉGIONNAIRES, POLICIERS ET UNITÉS DES P.U. DISPONIBLES ONT FONCÉ SUR LA MENACE."
"MÊME LA WORKFORCE DE MCCAULEY ET LES AMAZERS SONT VENUS EN RENFORT."
"ON A TENTÉ D'ARRÊTER LEUR AVANCE DANS LA IONOSPHÈRE AU-DESSUS DE L'OCÉAN INDIEN."
"TU PARLES."

"LES VRILLES ONT PÉNÉTRÉ LES DÉFENSES PLANÉTAIRES, FRAPPANT AU COEUR DES CONURBATIONS PAN-ASIATIQUES."
"L'EXPLOSION INITIALE A EU UN RAYON DE SIX CENT KILOMÈTRES."
"MAIS ÇA NE S'EST PAS ARRÊTÉ LÀ. LES ÉNERGIES ONT AFFLUÉ À L'EXTÉRIEUR, GAGNANT LA SURFACE DU CONTINENT ET AU-DELÀ."
"ET LA TERRE A ÉTÉ ENTRELACÉE. DEPUIS L'ATTAQUE INITIALE, LE PROCESSUS AVAIT DURÉ MOINS DE CINQ HEURES."

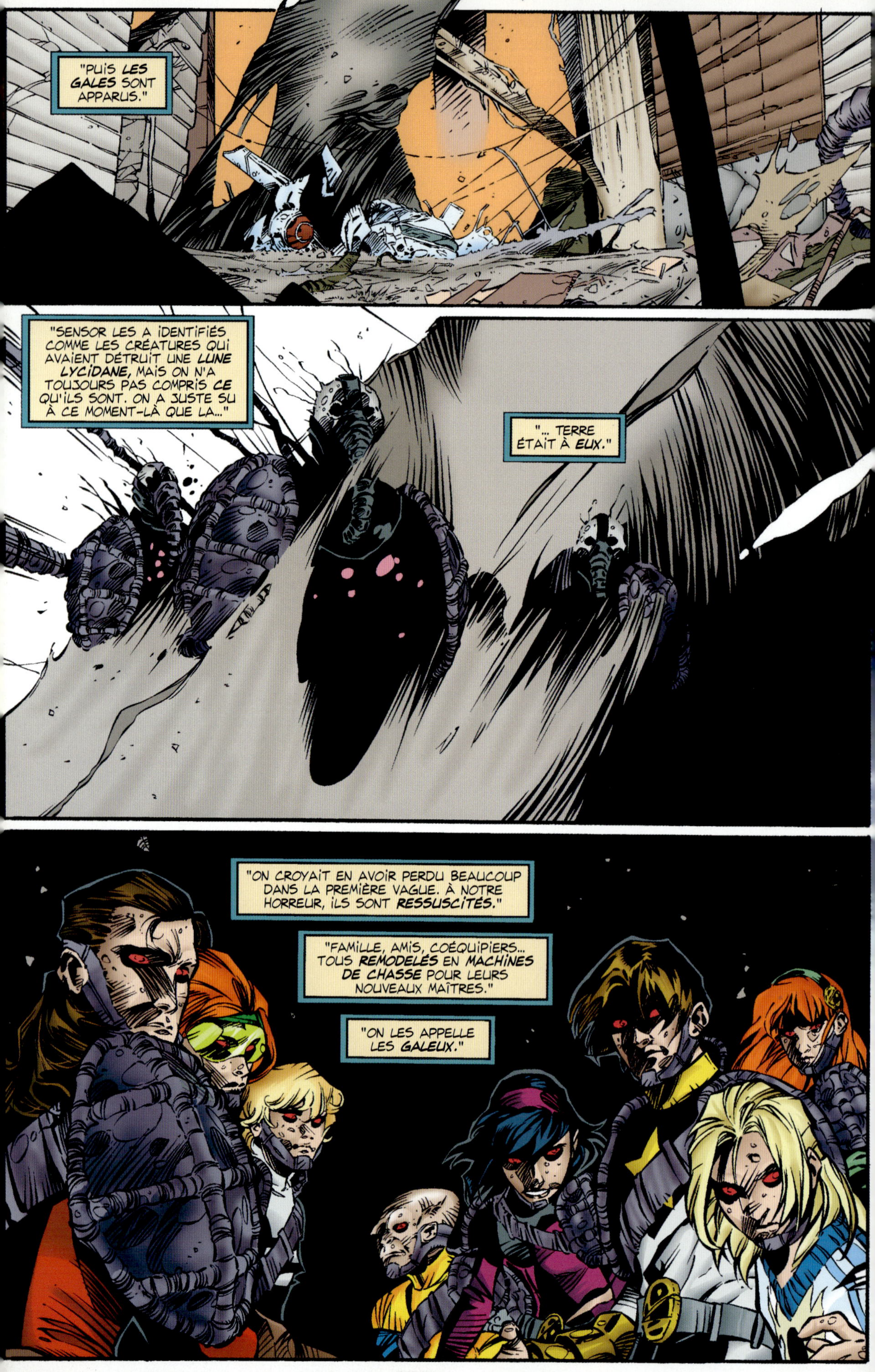
"PUIS LES GALES SONT APPARUS."
"SENSOR LES A IDENTIFIÉS COMME LES CRÉATURES QUI AVAIENT DÉTRUIT UNE LUNE LYCIDANE, MAIS ON N'A TOUJOURS PAS COMPRIS CE QU'ILS SONT. ON A JUSTE SU À CE MOMENT-LÀ QUE LA..."
"... TERRE ÉTAIT À EUX."
"ON CROYAIT EN AVOIR PERDU BEAUCOUP DANS LA PREMIÈRE VAGUE. À NOTRE HORREUR, ILS SONT RESSUSCITÉS."
"FAMILLE, AMIS, COÉQUIPIERS... TOUS REMODELÉS EN MACHINES DE CHASSE POUR LEURS NOUVEAUX MAÎTRES."
"ON LES APPELLE LES GALEUX."

DEPUIS, ILS RAFLENT TOUT LE MONDE, DRIFE SAIT POURQUOI.
CEUX D'ENTRE NOUS QUI SONT PASSÉS À TRAVERS LE FILET OPÈRENT COMME MOUVEMENT DE RÉSISTANCE.
LE PRÉSIDENT BRANDE EST NOTRE LEADER.
ON A RASSEMBLÉ LE PLUS DE RÉFUGIÉS POSSIBLE QU'ON A MENÉS DANS DES LIEUX CONNUS SEULEMENT DE BRANDE, AU CAS OÙ UN DE NOUS AURAIT ÉTÉ GALEUX.
QUAND... SI BRANDE A LE COMPTE... IL OUVRIRA UNE DERNIÈRE PORTE STELLAIRE VERS LA LIBERTÉ.
C'EST... C'EST À PEU PRÈS ÇA, EN GROS.
HMM. JE ME DEMANDAIS CE QUI AVAIT DÉTRUIT CETTE LUNE... FASCINANT. CE NIVEAU DE BIO-TECHNOLOGIE EST...
TAIS-TOI, BRAINY.
C'EST... C'EST TROP. C'EST COMME... UN MAUVAIS RÊVE...
Q-QU'EN EST-IL DES AUTRES, CAMÉLÉON? QU'EN EST-IL DE LIVE WIRE, SATURN GIRL OU GATES...?

GATES A DISPARU, SATURN GIRL A ÉTÉ EMMENÉE IL Y A TROIS SEMAINES. ET LIVE WIRE...
... LIVE WIRE A ÉTÉ DÉTRUIT CET APRÈS-MIDI.
CAM... Q-QU'EN EST-IL DE JO? A-T-IL...?
À LA PREMIÈRE VAGUE, ULTRA BOY, IL...
... C'EST UN DES GALEUX À PRÉSENT.
NON...!
S'IL VOUS PLAÎT... DITES-MOI...
... CE QUI VOUS EST ARRIVÉ. VOUS AVEZ ÉTÉ ABSENTS PLUS D'UN MOIS!
ON AVAIT FINI UNE OPÉRATION DE SECOURS DANS L'ESPACE DES PLANÈTES AFFILIÉES ET ON ALLAIT PRENDRE UNE PORTE STELLAIRE QUAND ON A VU QUE LE RÉSEAU ÉTAIT FERMÉ.
IL A FALLU TOUT CE TEMPS POUR RENTRER EN VOL LUMINIQUE CONVENTIONNEL.
ON SAVAIT QU'UN TRUC N'ALLAIT PAS... PAS DE PORTES STELLAIRES, PAS DE COM', PAS DE SIGNES DE LA TERRE... ET VU CE QUI S'EST PASSÉ À L'AVANT-POSTE...
CAM... QUAND TU DIS QU'ILS ONT ÉTÉ "EMMENÉS", TU VEUX DIRE QUOI?
JE VEUX DIRE RAFLÉS PAR LES GALEUX ET EMMENÉS EN CAMPS D'INTERNEMENT.
EMMENÉS LÀ-BAS...

"...ÇA S'APPELLE LA TIGE."

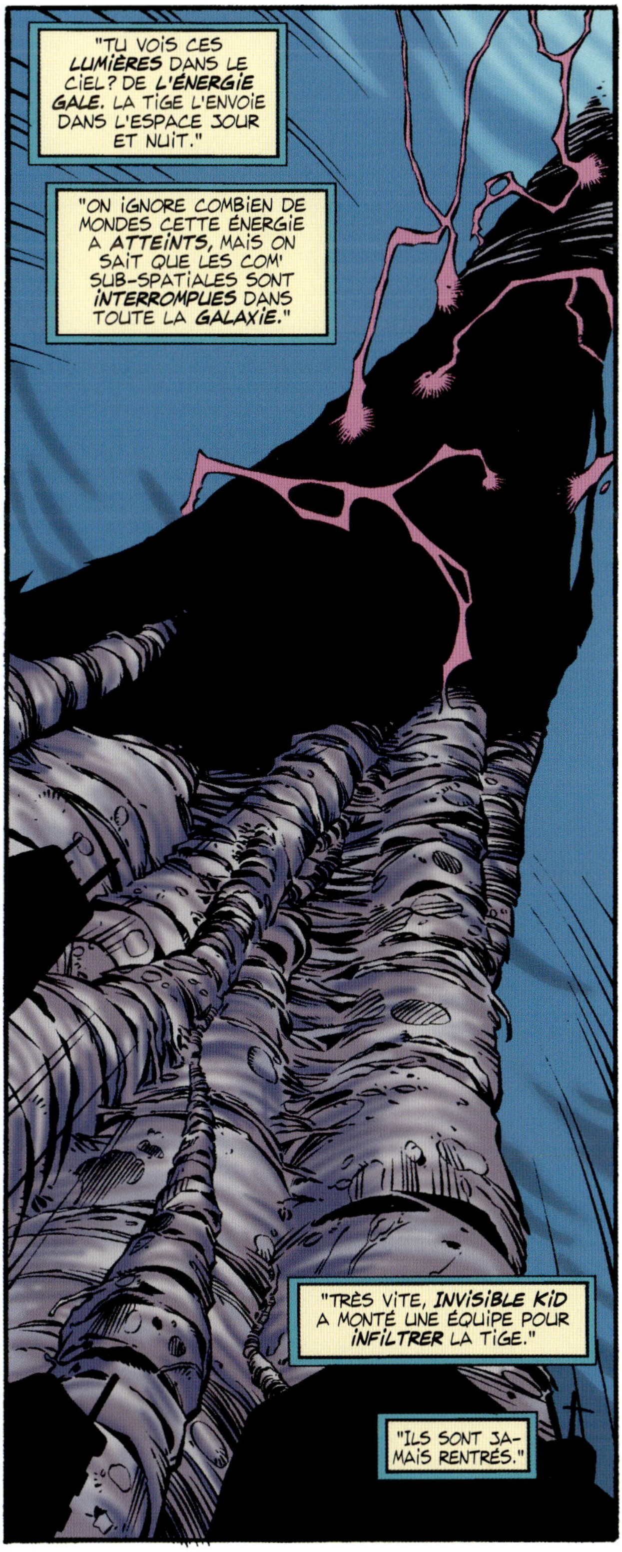
"TU VOIS CES LUMIÈRES DANS LE CIEL? DE L'ÉNERGIE GALE. LA TIGE L'ENVOIE DANS L'ESPACE JOUR ET NUIT."
"ON IGNORE COMBIEN DE MONDES CETTE ÉNERGIE A ATTEINTS, MAIS ON SAIT QUE LES COM' SUB-SPATIALES SONT INTERROMPUES DANS TOUTE LA GALAXIE."
"TRÈS VITE, INVISIBLE KID A MONTÉ UNE ÉQUIPE POUR INFILTRER LA TIGE."
"ILS SONT JAMAIS RENTRÉS."

"NUL NE REVIENT JAMAIS DE LA TIGE."
SPÉCIMENS ORGANIQUES RÉCUPÉRÉS DANS LE DISTRICT 38, MAÎTRE. ILS SONT PRÊTS POUR LE TRAITEMENT.
ONT-ILS DONNÉ LA POSITION DES MEMBRES DE LA RÉSISTANCE ?
NON, MAÎTRE. MAIS IL Y A UN MÉTA-HUMAIN PARMI EUX...
... LA LÉGIONNAIRE APPELÉE XS. POUVOIRS DE VITESSE.
ON L'A BIEN ANESTHÉSIÉE POUR QU'ELLE N'UTILISE PAS LA VIBRATION MOLÉCULAIRE POUR FUIR SON GEL DE STASE ?
ON LUI A INJECTÉ DE LA SÈVE NÉCROTIQUE TIRÉE DES GLANDES À ENZYMES. ELLE EST ENDORMIE.
FAITES ASPIRER SES POUVOIRS AUX MEMBRANES GERMINATRICES.
EMMENEZ LES AUTRES AU TRAITEMENT FINAL.

TOUT DE SUITE, MAÎTRE !
SNAP
MMGH !
MMMMGH ! MMMMGH !
CELUI-LÀ EST ENCORE CONSCIENT ?
PLUS MAIN-TENANT.
FFSHAPP
L'ESPRIT EN COMPOTE, JENNI OGNATS NE RESSENT RIEN DE PARTICULIER...
... JUSTE UN SENTIMENT DE RÉVULSION ET D'HORREUR PURES...
LE ROULIS DE SA PRISON VISQUEUSE, LE GEL QUI REMPLIT SES POUMONS, UN SENTIMENT...
... DE VIDE...
... ET LE SENTIMENT QU'ELLE NE VA JAMAIS REVENIR.

JE CROIS PAS QUE JE VAIS POUVOIR TENIR LE COUP...
J'PEUX PAS...
CALME-TOI, TINYA...
... ÇA DURE DEPUIS DES SEMAINES !
JE NE SUPPORTE PLUS D'ÊTRE LOIN DE JO !
J'EN PEUX PLUS !
ALLONS, CHÉRIE... TU VAS TE FAIRE MAL.
MÊME SI J'IMAGINE QUE TU N'AURAIS QU'À TE RENDRE INTANGIBLE...
TINYA EST FLIPPÉE, PIRE QUE D'HAB'.
FRANCHEMENT, COSMIC BOY, JE NE SAIS PAS CE QUI A ÉTÉ LE PIRE AU COURS DE CE MOIS...
... LES CAPRICES "J'VEUX-MON-ULTRA-BOY" D'APPARITION...
... OU ÇA. LA LENTEUR DU VOL LUMINIQUE. UN SAUT DE SYSTÈME À LA FOIS...
... FAIRE LE PLEIN SUR DES CHROMOSPHÈRES DE PROTOÉTOILES RICHES EN HYDROGÈNE, PASSER DES JOURS À CALCULER LE PROCHAIN BOND...
OUAIS, BRAINY... ON A TOUS ADORÉ LE CÔTÉ RASOIR.
HEUREUSEMENT, ÇA VA PEUT-ÊTRE S'ARRANGER.
VOILÀ L'AVANT-POSTE, PILE OÙ ON L'AVAIT LAISSÉ.
ÉTRANGE... C'EST EXACTEMENT LÀ QUE L'ÉQUIPE DU POSTE L'A LAISSÉ IL Y A UN MOIS EN VISITANT LES Q.G. TERRESTRES...
HMM... LE POSTE RÉPOND PAS AUX APPELS.
LES COM' LONGUE PORTÉE SONT AUSSI H.S...
MONTONS À BORD...

... ET ON VERRA CE QUI SE PASSE À L'INTÉRIEUR, NOM DE DRIFE.
FSSHH
ÇA PUE...
L'ÉQUIPEMENT DE SURVIE EST EN AUXILIAIRE...
... Y A PERSONNE À BORD.
LA PASSERELLE EST VIDE, À PART D'ÉTRANGES EXCROIS-SANCES.
ÇA A L'AIR BIO-VÉGÉTAL, MAIS J'IGNORE SON ORIGINE OU SA FONCTION.
MAIS TU PARIE-RAIS...
... QUE ÇA A QUELQUE CHOSE À VOIR AVEC CE QUI EST ARRIVÉ ICI, EXACT?
C'EST TOUJOURS EN LIGNE.
ON REÇOIT DES RELEVÉS... DE...
MES DIEUX... C'EST LA TERRE?
SPROCK! QU'EST-CE QUI EST ARRIVÉ LÀ-BAS?
JE... JE DOUTE AVOIR JAMAIS VU DE CATASTROPHE PLANÉ-TAIRE D'UNE TELLE PROPORTION...
ATTENDEZ... IL Y A UN SIGNAL! LES RELEVÉS D'UN ANNEAU DE VOL, C'EST LE...
... SEUL SIGNE DE TECHNOLOGIE LÉGIONNAIRE.
D'APRÈS L'IDENTITÉ, C'EST CAMÉLÉON.
J'AI TRIANGULÉ SA POSITION.
HÉ, C'EST QUOI...?
ON DIRAIT... DES POINTES D'ÉNERGIES EN DIRECTION DU POSTE...
JE LE SENS SUPER MAL, LÀ...
... ON A DÉCLEN-CHÉ UNE SORTE D'ALARME...
ON A INTÉRÊT À SORTIR D'ICI...
... AU PLUS VITE!

OH, MON DRIFE! FAIS GAFFE!
LES PROPULSEURS, BRAINY!
METS DE LA DISTANCE ENTRE NOUS!
L'AVANT-POSTE... IL VA EXPLOSER!
ALLEZ, BOUGE, BON SANG, BOU...
PROPULSEURS H.S.!
SYSTÈME-INFO PLANTÉ!
LE SOUFFLE NOUS RATTRAPE!
JE LE CONTRÔ-LE...
FWOOOM
... PLUS!

YAAAAH!
HHNN... JUSTE...
... JUSTE UN RÊVE... DIEUX MERCI...
... OH, JO...
TOI NON PLUS TU DORS PAS?
OH! CAM... JE NE T'AVAIS PAS REMARQUÉ.
J'AI APPRIS À BOUGER EN SILENCE DERNIÈREMENT.
TU PEUX PAS IMAGINER COMMENT C'ÉTAIT ICI, TINYA...
... VOIR TOUS CEUX QUE TU CONNAIS, TOUT CE QUE TU CHÉRIS, EFFACÉS EN UNE NUIT.
JO VIT TOUJOURS. JE LE SAURAIS S'IL ÉTAIT VRAIMENT PARTI.
IL M'ABANDONNERAIT JAMAIS, ET JE L'ABANDONNERAI PAS!
ON DOIT FAIRE QUELQUE CHOSE.
LES RÉPONSES SONT DANS CE... CETTE TIGE, C'EST ÇA?
JE L'ESPÈRE, TINYA.
C'EST PAS COMME SI ON AVAIT LE CHOIX, HEIN?
RÉVEILLONS-LES ET ALLONS LE DÉCOUVRIR.

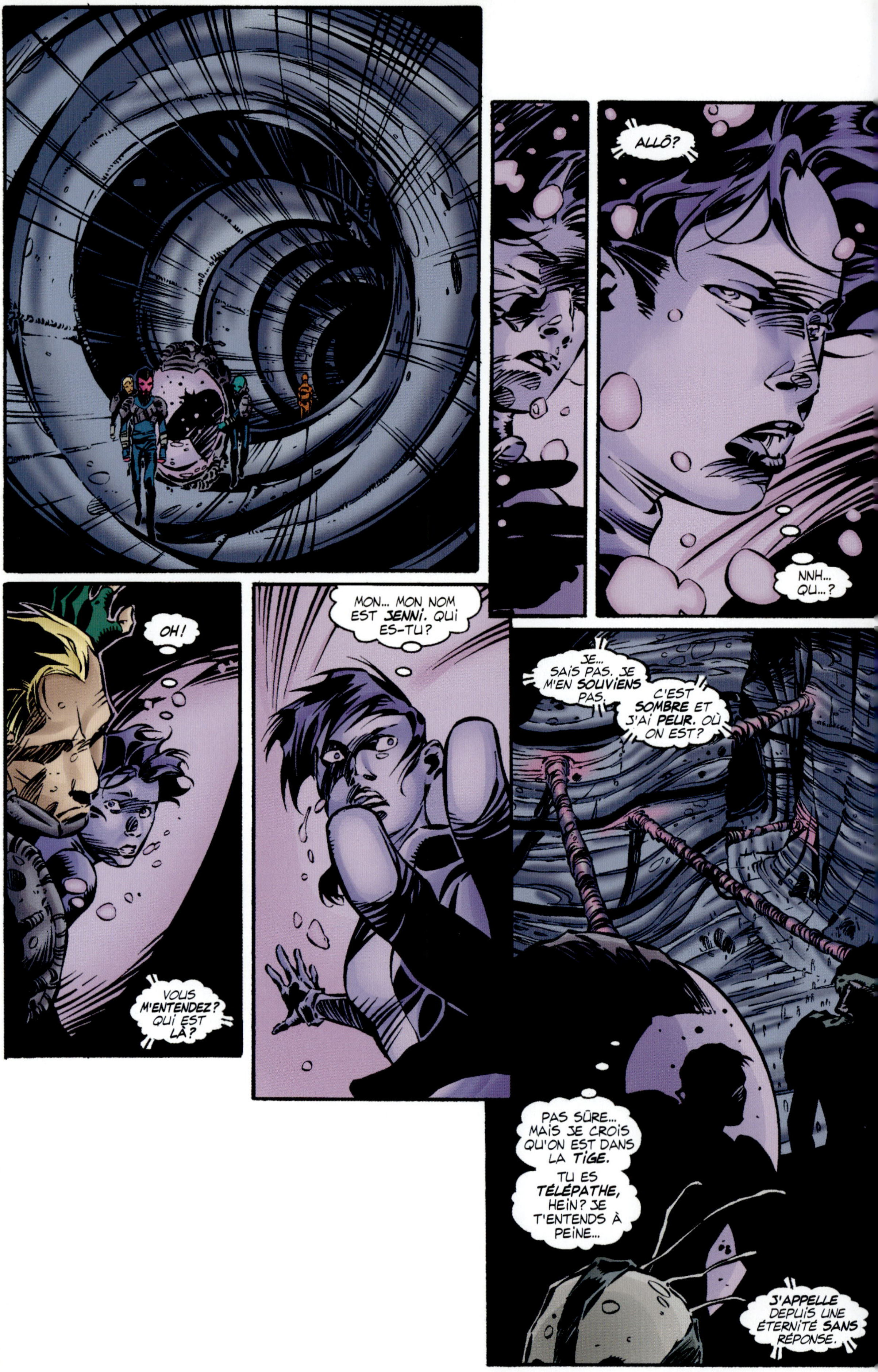
ALLÔ?
NNH... QU...?
OH!
VOUS M'ENTENDEZ? QUI EST LÀ?
MON... MON NOM EST JENNI. QUI ES-TU?
JE... SAIS PAS. JE M'EN SOUVIENS PAS.
C'EST SOMBRE ET J'AI PEUR. OÙ ON EST?
PAS SÛRE... MAIS JE CROIS QU'ON EST DANS LA TIGE.
TU ES TÉLÉPATHE, HEIN? JE T'ENTENDS À PEINE...
J'APPELLE DEPUIS UNE ÉTERNITÉ SANS RÉPONSE.

J'ÉTAIS STONE. ILS VOULAIENT PAS QUE J'UTILISE MA SUPER-VITESSE...
... MAIS ILS NE S'ATTENDAIENT PAS À CE QUE MON CORPS MÉTABOLISE LEUR SÉDATIF PLUS VITE QU'IL NE M'IMMOBILISERAIT.
ALORS TU PEUX T'ÉVADER ?
POSSIBLE... JE ME SENS MI...
OH, MON DRIFE...
QUOI?
JE VOIS... DES LÉGIONNAIRES...
... SUSPENDUS... COMME DE LA BOUFFE OU QUOI...
C'EST CE QU'ILS FONT ICI.
VOILÀ POURQUOI TU DOIS T'ÉVADER... SI TU PEUX.
OUAIS... SI J'OSE...
HÉ, TA VOIX EST PLUS CLAIRE... PLUS PROCHE...
EN FAIT, ELLE RESSEMBLE À CELLE DE...
SATURN GIRL !

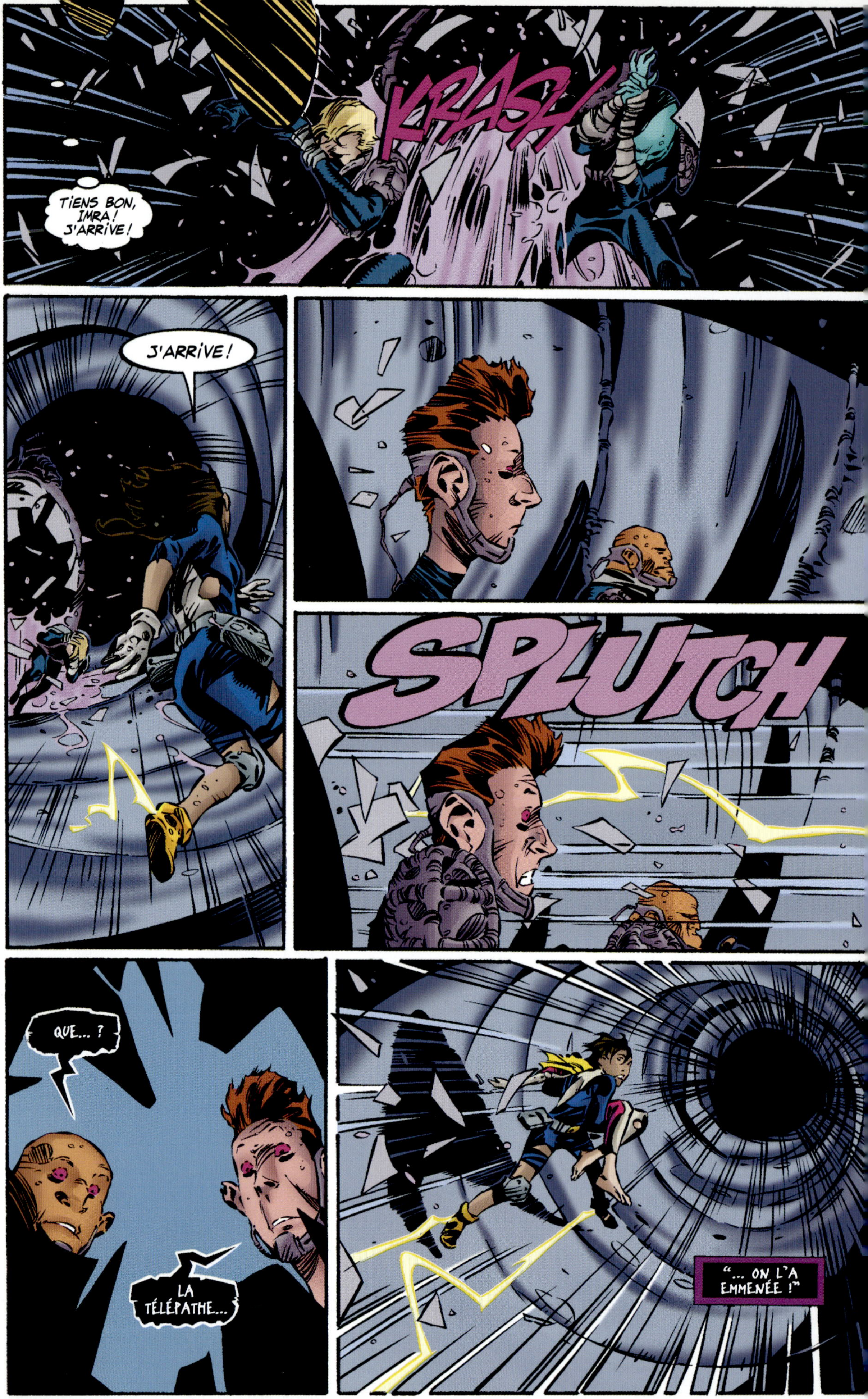
KRASH
TIENS BON, IMRA ! J'ARRIVE !
J'ARRIVE !
SPLUTCH
QUE... ?
LA TÉLÉPATHE...
"... ON L'A EMMENÉE !"

LE SOLEIL VA SE LEVER. DÉPÊCHONS-NOUS.
SHRAKKKT
ÇA VA JUSQU'OÙ, VOUS CROYEZ?
UN AUTRE MONDE. UNE AUTRE CIBLE À ENTRELACER, PEUT-ÊTRE.
CES CHOSES SONT PASSÉES PAR LA PORTE STELLAIRE POUR PRENDRE LA TERRE, MAIS JE PENSE QUE CE N'EST QU'UN RELAIS POUR ALLER CONQUÉRIR TOUS LES MONDES DE CE QUADRANT.
POURQUOI?
C'EST TROP TÔT POUR CONJECTURER.
D'OÙ VIENNENT-ILS?
BAAILLE C'EST TROP...
JE SAIS, JE SAIS! "C'EST TROP TÔT POUR CONJECTURER!"
MONSTRESS, APPARITION... RAMENEZ-VOUS...
... ON Y EST PRESQUE.

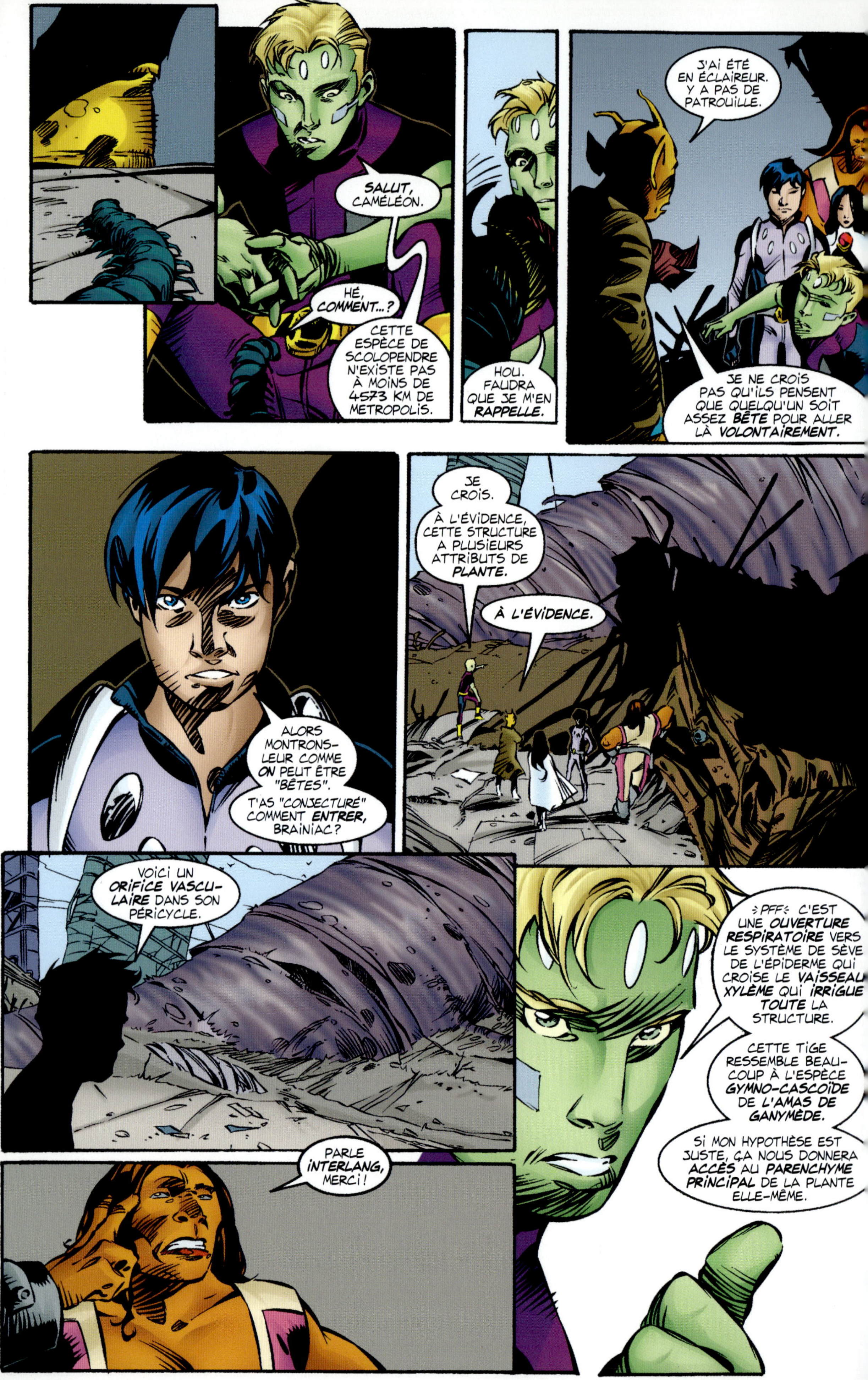
SALUT, CAMÉLÉON.
HÉ, COMMENT...?
CETTE ESPÈCE DE SCOLOPENDRE N'EXISTE PAS À MOINS DE 4573 KM DE METROPOLIS.
HOU. FAUDRA QUE JE M'EN RAPPELLE.
J'AI ÉTÉ EN ÉCLAIREUR. Y A PAS DE PATROUILLE.
JE NE CROIS PAS QU'ILS PENSENT QUE QUELQU'UN SOIT ASSEZ BÊTE POUR ALLER LÀ VOLONTAIREMENT.
ALORS MONTRONS-LEUR COMME ON PEUT ÊTRE "BÊTES".
T'AS "CONJECTURÉ" COMMENT ENTRER, BRAINIAC?
JE CROIS.
À L'ÉVIDENCE, CETTE STRUCTURE A PLUSIEURS ATTRIBUTS DE PLANTE.
À L'ÉVIDENCE.
VOICI UN ORIFICE VASCULAIRE DANS SON PÉRICYCLE.
PARLE INTERLANG, MERCI!
PFF C'EST UNE OUVERTURE RESPIRATOIRE VERS LE SYSTÈME DE SÈVE DE L'ÉPIDERME QUI CROISE LE VAISSEAU XYLÈME QUI IRRIGUE TOUTE LA STRUCTURE.
CETTE TIGE RESSEMBLE BEAUCOUP À L'ESPÈCE GYMNO-CASCOÏDE DE L'AMAS DE GANYMÈDE.
SI MON HYPOTHÈSE EST JUSTE, ÇA NOUS DONNERA ACCÈS AU PARENCHYME PRINCIPAL DE LA PLANTE ELLE-MÊME.

QUOI?
C'EST UN PLAN, NON?
C'EST LE SEUL QU'ON AIT ACTUELLEMENT...
... MÊME SI J'AURAIS BIEN AIMÉ PIGER UN MOT DE TOUT CE SPROCK.
VENEZ, LÉGIONNAIRES... PAS DE VOL, NON PLUS... ON VEUT RESTER À...
... COUVERT...
QUELQU'UN APPROCHE! COUCHEZ-VOUS!
FASCINANT. C'EST COMME S'ILS SAVAIENT QU'ON VENAIT!
CHUT! C'EST PEUT-ÊTRE UNE AUTRE ALERTE.
RESTEZ AU SOL ET SILENCIEUX...

"... VOYONS CE QUI SE PASSE."
TROUVEZ-LES !
FOUILLEZ TOUT ! JUSQU'AU MOINDRE RECOIN !
DRIFE MERCI... TROP CREVÉE POUR VIBRER PLUS...
ILS SONT PARTIS, SATURN GIRL. ON PEUT BOUGER.
NON... TROP FAIBLE... PEUX PAS...
IMRA, JE T'EN PRIE ! ON DOIT SORTIR D'ICI !
LAISSE-MOI, JENNI... PITIÉ...

ARRÊTE DE DÉLIRER ! TU ES UN LÉGIONNAIRE ! UN DES FONDATEURS ! NOTRE CHEF !
JE VAIS PAS TE LAISSER ICI !
NON... TU NE COMPRENDS PAS...
TU DOIS ME LAISSER ICI, JENNI...
... DIS AUX AUTRES CE QUE J'AI APPRIS...
Q-QU'EST-CE QUE TU RACONTES?
ON PART ENSEMBLE !
J'AI ÉTÉ DANS SON ESPRIT... JE SAIS MAINTENANT... CE QUE ÇA VEUT... OÙ ÇA A ÉTÉ ...
TU DOIS ENTENDRE ÇA... RAPPORTE-LE...
... À CEUX QUI RESTENT...
QUOI? QU'EST-CE QUE JE DOAAAAHHH !
OH.
MON.

ÇA VA MAL.
IL Y EN A ENCORE PLUS, MAINTENANT, VENANT...
PAR ICI ! J'AI LEUR ODEUR !
FORMATION CHASSEUR-TUEUR, GALEUX !
TROUVEZ-LES... ET DÉTRUISEZ-LES !

QUI ÉTAIENT-ILS?
ILS S'ÉTAIENT OUBLIÉS IL Y A LONGTEMPS. CE N'ÉTAIT PLUS PERTINENT.
D'OÙ VENAIENT-ILS?
MÊME LA POSITION DE LEUR MONDE AVAIT DEPUIS LONGTEMPS ÉTÉ EFFACÉE DE LEURS MÉMOIRES.
CE QUI COMPTE VRAIMENT C'EST CE QU'ÉTAIENT LES GALES.
UNE CULTURE TRÈS AVANCÉE, LASSÉE DE LA PERFECTION DE LEURS VIES ORDONNÉES...

... JUSQU'À CETTE ERREUR **GROTESQUE**, OÙ...
... ILS ONT LAISSÉ **L'ENTROPIE** LES CONSUMER TOUS.

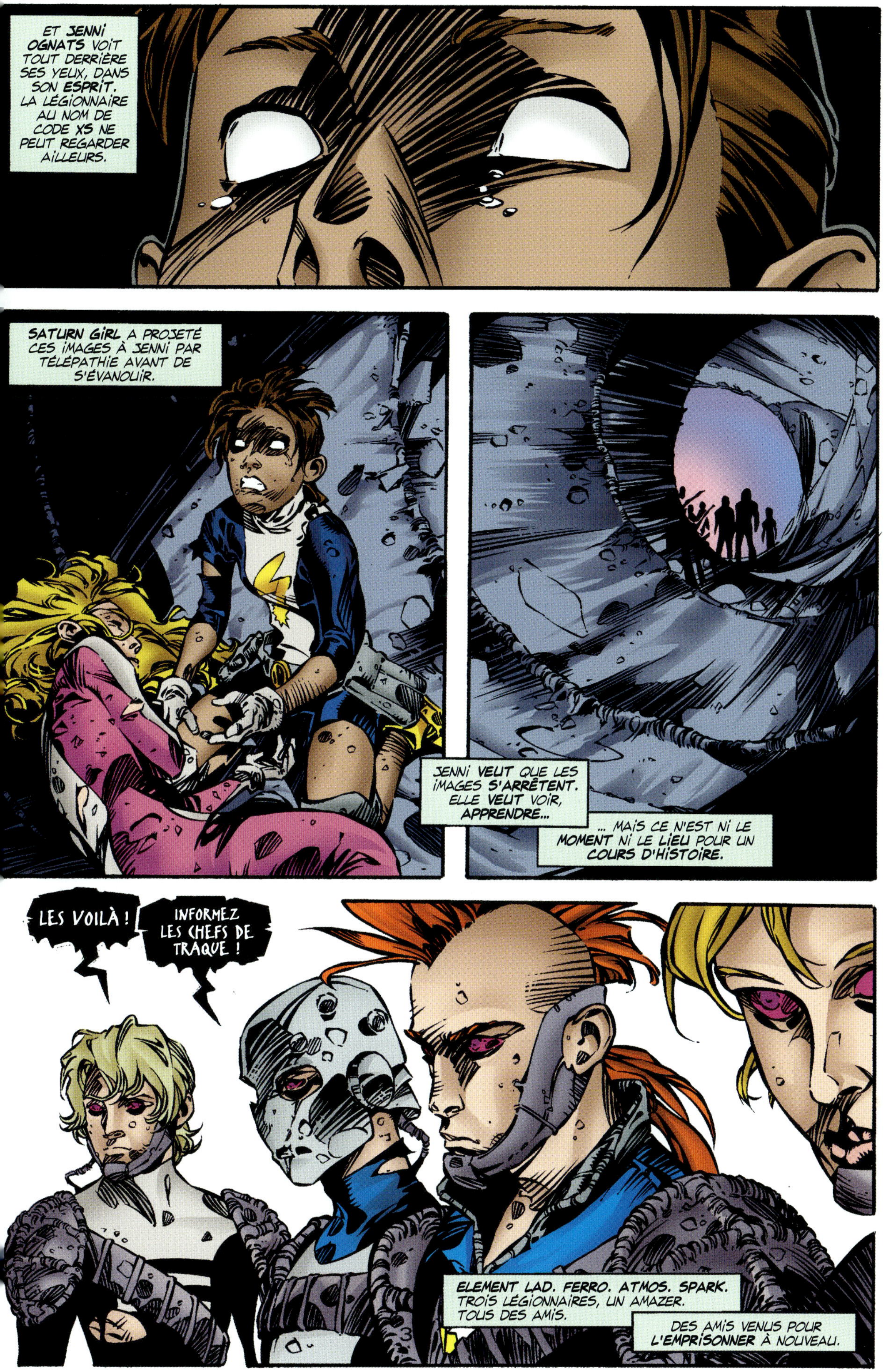
ET JENNI OGNATS VOIT TOUT DERRIÈRE SES YEUX, DANS SON ESPRIT. LA LÉGIONNAIRE AU NOM DE CODE XS NE PEUT REGARDER AILLEURS.
SATURN GIRL A PROJETÉ CES IMAGES À JENNI PAR TÉLÉPATHIE AVANT DE S'ÉVANOUIR.
JENNI VEUT QUE LES IMAGES S'ARRÊTENT. ELLE VEUT VOIR, APPRENDRE...
... MAIS CE N'EST NI LE MOMENT NI LE LIEU POUR UN COURS D'HISTOIRE.
LES VOILÀ !
INFORMEZ LES CHEFS DE TRAQUE !
ELEMENT LAD. FERRO. ATMOS. SPARK. TROIS LÉGIONNAIRES, UN AMAZER. TOUS DES AMIS.
DES AMIS VENUS POUR L'EMPRISONNER À NOUVEAU.

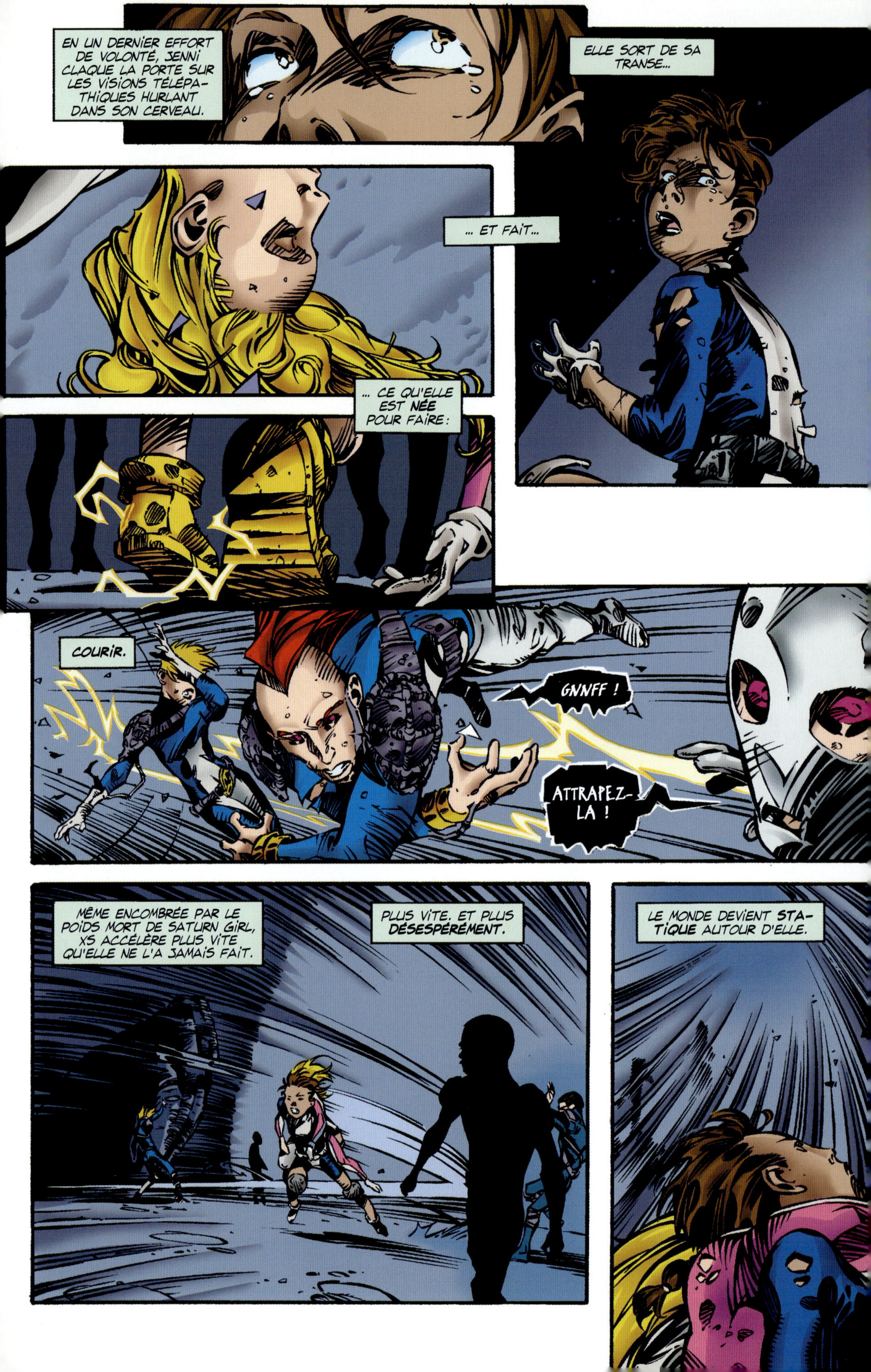
EN UN DERNIER EFFORT DE VOLONTÉ, JENNI CLAQUE LA PORTE SUR LES VISIONS TÉLÉPATHIQUES HURLANT DANS SON CERVEAU.
ELLE SORT DE SA TRANSE...
... ET FAIT...
... CE QU'ELLE EST NÉE POUR FAIRE :
COURIR.
GNNFF !
ATTRAPEZ-LA !
MÊME ENCOMBRÉE PAR LE POIDS MORT DE SATURN GIRL, XS ACCÉLÈRE PLUS VITE QU'ELLE NE L'A JAMAIS FAIT.
PLUS VITE. ET PLUS DÉSESPÉRÉMENT.
LE MONDE DEVIENT STATIQUE AUTOUR D'ELLE.

KID QUANTUM ET THUNDER, AMIS GALEUX, BOUGENT COMME DES STATUES.
LES SEMIS SONT FIGÉS EN L'AIR COMME DES NÉONS.
L'HERBE ÉTOUFFANTE NE FLEURIT PAS.
TROIS VIRGULE SIX SECONDES APRÈS AVOIR COMMENCÉ À BOUGER, ELLES QUITTENT LA TIGE PAR UN ORIFICE DE TRANSIT SUR SA FACE OCCIDENTALE.
"NUL NE REVIENT JAMAIS DE LA TIGE". JENNY SE MARRE.
ELLE VA SAVOURER CETTE VICTOIRE...
... SI ELLE PARVIENT À BLOQUER LES IMAGES TÉLÉPATHIQUES QUI CRIENT POUR ÊTRE ENTENDUES.
SI ELLE PARVIENT...
NON !

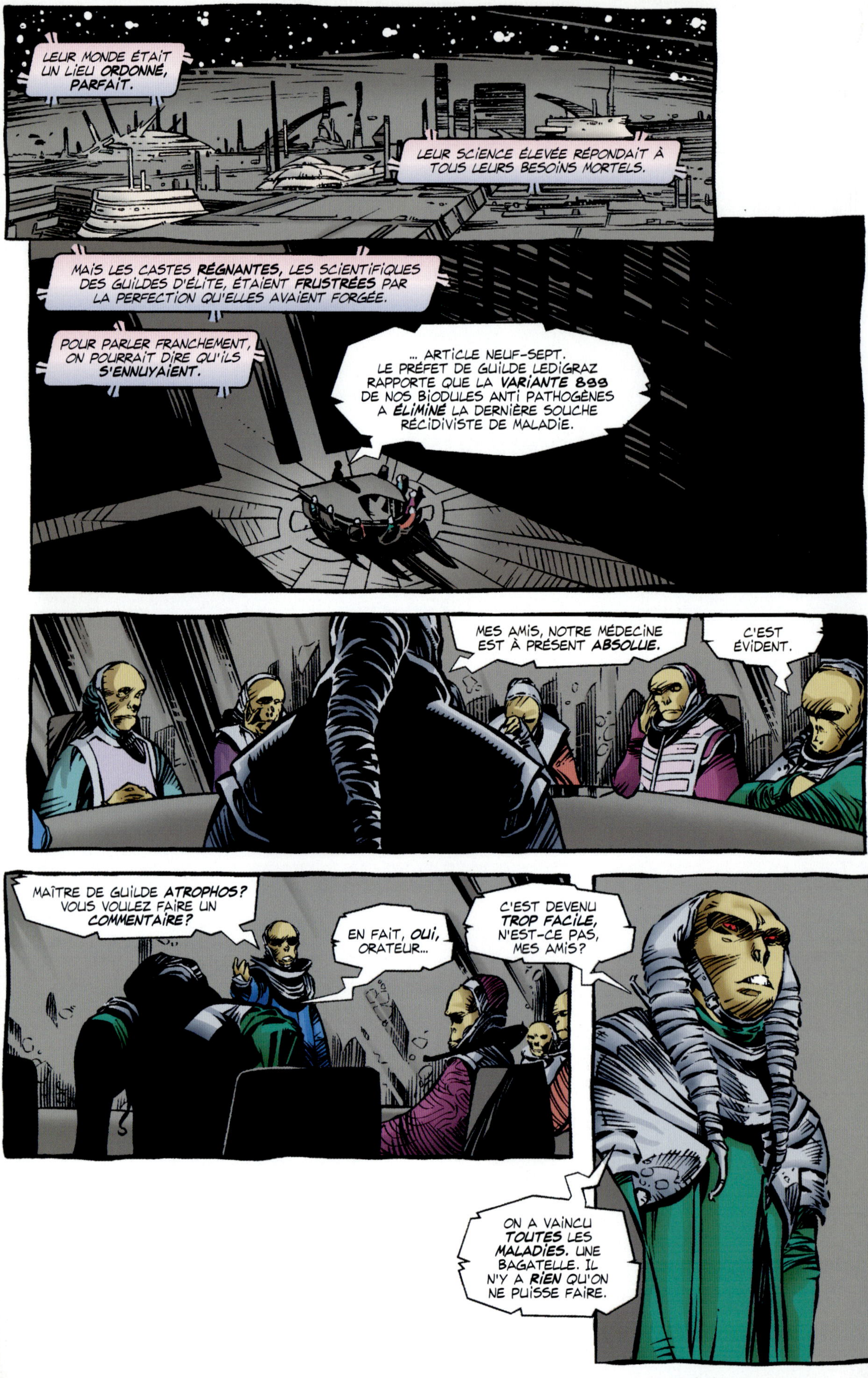
LEUR MONDE ÉTAIT UN LIEU ORDONNÉ, PARFAIT.
LEUR SCIENCE ÉLEVÉE RÉPONDAIT À TOUS LEURS BESOINS MORTELS.
MAIS LES CASTES RÉGNANTES, LES SCIENTIFIQUES DES GUILDES D'ÉLITE, ÉTAIENT FRUSTRÉES PAR LA PERFECTION QU'ELLES AVAIENT FORGÉE.
POUR PARLER FRANCHEMENT, ON POURRAIT DIRE QU'ILS S'ENNUYAIENT.
... ARTICLE NEUF-SEPT. LE PRÉFET DE GUILDE LEDIGRAZ RAPPORTE QUE LA VARIANTE 899 DE NOS BIODULES ANTI PATHOGÈNES A ÉLIMINÉ LA DERNIÈRE SOUCHE RÉCIDIVISTE DE MALADIE.
MES AMIS, NOTRE MÉDECINE EST À PRÉSENT ABSOLUE.
C'EST ÉVIDENT.
MAÎTRE DE GUILDE ATROPHOS? VOUS VOULEZ FAIRE UN COMMENTAIRE?
EN FAIT, OUI, ORATEUR...
C'EST DEVENU TROP FACILE, N'EST-CE PAS, MES AMIS?
ON A VAINCU TOUTES LES MALADIES. UNE BAGATELLE. IL N'Y A RIEN QU'ON NE PUISSE FAIRE.

ON MAÎTRISE LE TEMPS ET LA LUMIÈRE, ON TIRE NOS ALIMENTS ET LA CHALEUR DE MOLÉCULES LATENTES.
ON PEUT PROLONGER NOS CONDITIONS PHYSIQUES ET VIVRE UNE DOUZAINE D'EXISTENCES. ON EST BÉNIS.
ALORS DITES-MOI : MAINTENANT QU'ON PEUT TOUT FAIRE...
...QU'EST-CE QUI RESTE ?
ATROPHOS. LE PREMIER DISSIDENT. ÇA DÉBUTA AVEC LUI.
C'EST ATROPHOS QUI LEUR DONNA LA SOIF DE BRISER LA DERNIÈRE LIMITE... DE CONQUÉRIR LA MORT ELLE-MÊME.
L'IMMORTALITÉ.
CE SERAIT LEUR DERNIÈRE ET ULTIME QUÊTE, ET ATROPHOS LES CONDUIRAIT.
LES MENANT DROIT À L'ENTROPIE.
L'ENTROPIE ACCEPTA DE LEUR DONNER LA VIE ÉTERNELLE.
LE PRIX ÉTAIT SIMPLE.

... SIMPLE...
LA VOLONTÉ DE JENNI PRÉDOMINE, REPOUSSANT LES IMAGES...
... MAIS C'EST TROP TARD.
JUSTE QUELQUES SECONDES D'ABSENCE...
... MAIS ASSEZ LONGTEMPS POUR QUE DES RENFORTS ARRIVENT.
XS, RETOUR AUX MEMBRANES GERMINATRICES.
NON... J'ÉTAIS SI PRÈS...
... SI PRÈS...
... MMM... ?

ÉCARTEZ-VOUS D'ELLE.
HEIN ?
SATURN GIRL...?
J'AI DIT...
... RECULEZ !

JENNI ?
IMAR... ?
TOUT VA BIEN. JE LES AI MIS H.S. POUR LE MOMENT.
TU PEUX COURIR? J'AI BESOIN DE TOI.
JE... CROIS PAS POUVOIR, IMRA, JE...
T'EN FAIS PAS...
... T'AURAS PAS À COURIR.
LA LÉGION EST LÀ.
"C'EST BIEN", PENSE JENNI OGNAT ALORS QUE LE CHAOS DANS SA TÊTE REPREND LE DESSUS.

NE JAMAIS PACTISER AVEC LE DÉMON.
SURTOUT SI CE DÉMON EST L'ENTROPIE.
L'ENTROPIE EXAUÇA LEUR VOEU... LA VIE ÉTERNELLE...
... SI ON PEUT APPELER VIE ÉTERNELLE UN ÉTAT DE GANGRÈNE ÉNERGÉTIQUE.
LEUR MONDE ÉTAIT PERDU, MAIS LEUR RACE VIVRAIT ÉTERNELLEMENT... À CONDITION DE S'INJECTER RÉGULIÈREMENT LES ÉNERGIES DE VIE D'AUTRES RACES.
LES CIRCUITS DE VOL DES RARES VAISSEAUX DE GUERRE QU'IL LEUR RESTAIT LES MENÈRENT À TRAVERS LES TÉNÈBRES...
... ET LES MONDES TOMBÈRENT. L'UN APRÈS L'AUTRE. ÉTANCHANT LA SOIF DE LA GALE IMMORTELLE.

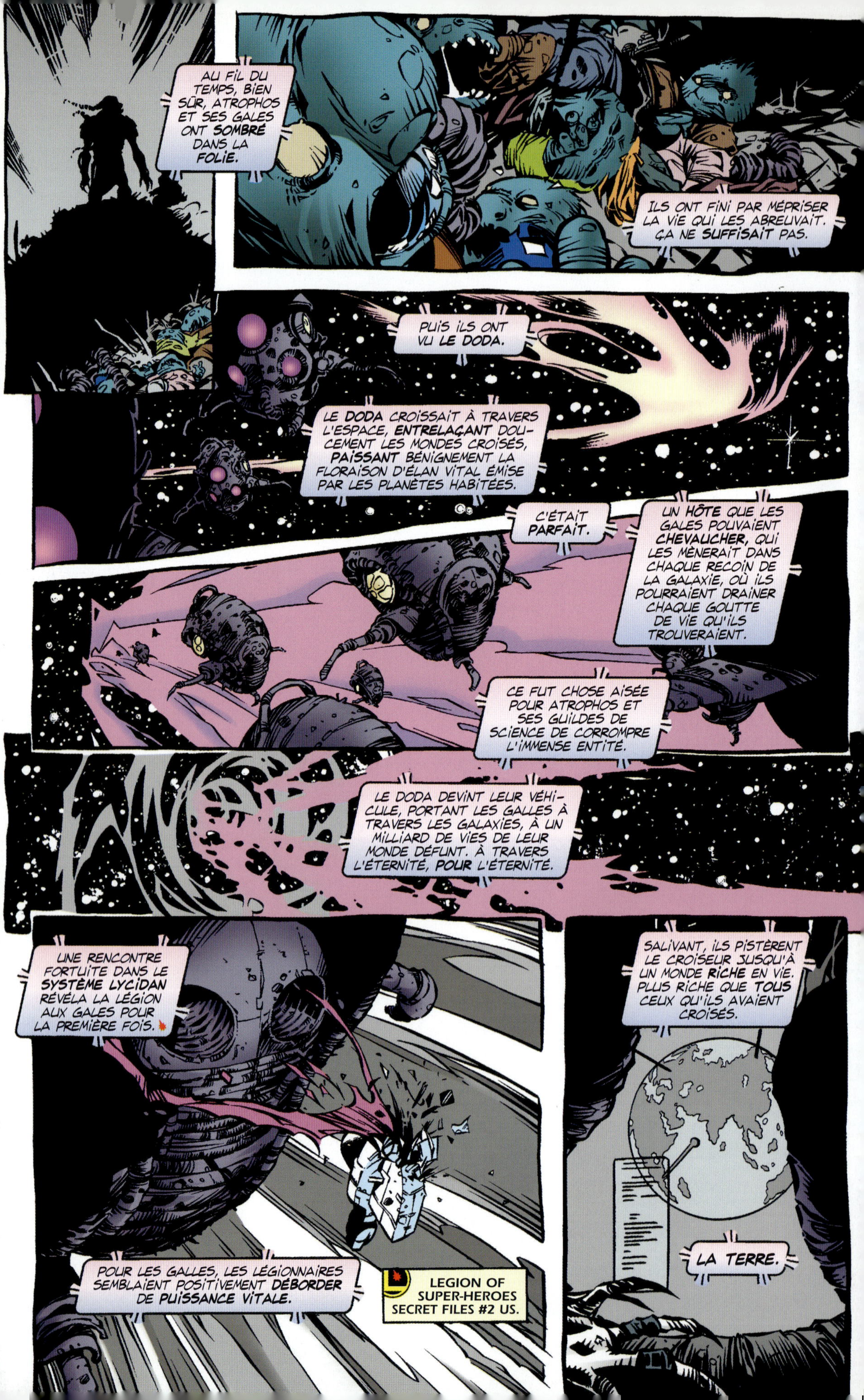
AU FIL DU TEMPS, BIEN SÛR, ATROPHOS ET SES GALES ONT SOMBRÉ DANS LA FOLIE.
ILS ONT FINI PAR MÉPRISER LA VIE QUI LES ABREUVAIT. ÇA NE SUFFISAIT PAS.
PUIS ILS ONT VU LE DODA.
LE DODA CROISSAIT À TRAVERS L'ESPACE, ENTRELAÇANT DOUCEMENT LES MONDES CROISÉS, PAISSANT BÉNIGNEMENT LA FLORAISON D'ÉLAN VITAL ÉMISE PAR LES PLANÈTES HABITÉES.
C'ÉTAIT PARFAIT.
UN HÔTE QUE LES GALES POUVAIENT CHEVAUCHER, QUI LES MÈNERAIT DANS CHAQUE RECOIN DE LA GALAXIE, OÙ ILS POURRAIENT DRAINER CHAQUE GOUTTE DE VIE QU'ILS TROUVERAIENT.
CE FUT CHOSE AISÉE POUR ATROPHOS ET SES GUILDES DE SCIENCE DE CORROMPRE L'IMMENSE ENTITÉ.
LE DODA DEVINT LEUR VÉHICULE, PORTANT LES GALLES À TRAVERS LES GALAXIES, À UN MILLIARD DE VIES DE LEUR MONDE DÉFUNT. À TRAVERS L'ÉTERNITÉ, POUR L'ÉTERNITÉ.
UNE RENCONTRE FORTUITE DANS LE SYSTÈME LYCIDAN RÉVÉLA LA LÉGION AUX GALES POUR LA PREMIÈRE FOIS.
POUR LES GALLES, LES LÉGIONNAIRES SEMBLAIENT POSITIVEMENT DÉBORDER DE PUISSANCE VITALE.
LEGION OF SUPER-HEROES SECRET FILES #2 US.
SALIVANT, ILS PISTÈRENT LE CROISEUR JUSQU'À UN MONDE RICHE EN VIE. PLUS RICHE QUE TOUS CEUX QU'ILS AVAIENT CROISÉS.
LA TERRE.

T'ES AVEC MOI, JENNI?
JENNI...?
UHHNN... MONSTRESS...?
ON LA JOUE FINE ET RAPIDE, L'ÉQUIPE. APRÈS UNE PAREILLE BROLÉE, ILS VONT NOUS TRAQUER GRAVE...
MAIS OÙ ALLONS-NOUS?
PAR ICI, BRAINY...
À GAUCHE, PUIS EN BAS.
JE CONNAIS UN ABRI PAR LÀ.
MONSTRESS? ON A... ON A GAGNÉ...?
POUR LE MOMENT. ALLEZ, CHUT, CHÉRIE.

PARDON... PENSAIS PAS... QU'ON ME RAMÈNERAIT...
ET ON PENSAIT PAS QUE QUELQU'UN S'ÉVADERAIT AU MOMENT OÙ ON ESSAYAIT D'ENTRER.
PLUS DUR... DE SORTIR...
... MAIS ON L'A FAIT... SORTIES... REVENUES...
PAS VRAI, IMRA...? NUL NE REVIENT JAMAIS DE LA TIGE...
OUI, JENNI, ON...
... L'A FAIT.
C'EST ICI, CAMÉLÉON?
OUI, COS. L'ENTRÉE EST CACHÉE DANS CET HOLOPUB.
BIEN. TOUS À L'INTÉRIEUR...
LE TEMPS EST VENU...
... POUR UN CONSEIL DE GUERRE.

ON DEVRAIT ÊTRE EN SÛRETÉ ICI UN MOMENT.
LA RÉSISTANCE A DÉCOUVERT QUE HNN LES SONDES GALLES AVAIENT DU MAL À PÉNÉTRER LE CÉRABÉTON...
... ALORS ON EN A HNN MIS PLEIN NOS ABRIS.
XS? JENNI?
CAM?
ÇA... FAIT VRAIMENT DU BIEN ...
J'VEUX DIRE, JE PENSAIS PAS VOUS REVOIR UN JOUR...
J-JE T'AI LAISSÉE... CAPTURÉE AVEC LES AUTRES, ET...
CAM... REEP... ON EST DES LÉGIONNAIRES. ON SAVAIT CE QU'ON RISQUAIT AVEC LES RÉFUGIÉS.
CE QUI EST ARRIVÉ N'ÉTAIT PAS TA FAUTE.
ET ÇA FAIT VRAIMENT DU BIEN DE TE REVOIR, AUSSI.

LA TIGE ILLUMINE LA NUIT AVEC DES VRILLES TÉLÉPORTEUSES.
LES GALLES MOBILISENT TOUS LES ÉLÉMENTS DISPONIBLES POUR PISTER LA NOUVELLE FACTION QUI A SAUVÉ LES ÉVADÉS ET VAINCU LEUR PATROUILLE.
UNE ÉQUIPE RÉDUITE GÈRE LES INSTALLATIONS DE LA TIGE, DONT LES MEMBRANES GERMINATRICES QUI VIDENT M'ONEL.
LE MEMBRE LE PLUS PUISSANT DE LA LÉGION A ÉTÉ PIÉGÉ ET VAINCU PAS SES COÉQUIPIERS GALEUX IL Y A PRESQUE TROIS SEMAINES. LES GALES NE CESSENT DE PUISER SON POUVOIR DEPUIS.
C'EST DEVENU PRESQUE UNE MORT VIVANTE POUR LE DAXAMITE, FLOTTANT ENTRE LA NAUSÉE ET LA CONSCIENCE. UN SENTIMENT DE DÉSESPOIR ET D'IMPUISSANCE PEU DIFFÉRENT DE CELUI RESSENTI LORS DU MILLÉNAIRE PASSÉ COMME FANTÔME DANS LA ZONE DE STASE.
MAIS ÇA A CHANGÉ CE SOIR. MÊME DANS SON ÉTAT DRAINÉ ET AFFAIBLI, IL EST CONSCIENT QUE QUELQUE CHOSE A DISTRAIT LES GALLES.
POUR LA PREMIÈRE FOIS EN TROIS SEMAINES, M'ONEL SENT UNE...
SNAPT
... OCCASION.

SHRRIPP
NNNAARRRGHH!
MAÎTRE ! IL EST LIBRE !
WHUNKK
D'ABORD... D'ABORD EUX...
... PUIS TOI, MONSTRE!
WHAMM
PUIS TOI!
HEIN?
AARRRGGH!

SEIGNEUR ATROPHOS !
POURQUOI N'EST-IL PAS IMMOBILISÉ ?
I-IL S'EST LIBÉRÉ... MAÎTRE ! SES POUVOIRS RÉSISTENT À LA GALE. IL EST DONC PLUS DIFFICILE À MAÎTRISER...
VOUS SAVEZ QU'IL EST AU CENTRE DE MES PLANS.
JE LE VEUX IMMOBILISÉ ET DROGUÉ IMMÉDIATEMENT.
TU ES LA RÉPONSE À MES PRIÈRES, GARÇON.
TU VAS ALLUMER UN FEU À TRAVERS L'UNIVERS QUI BRÛLERA TOUT VESTIGE DE LA MALÉDICTION DE MON ESPÈCE.
AVEC TON AIDE, JE DÉTRUIRAI TOUTE VIE PARTOUT.
JE... JE T'AIDERAI... JAMAIS...
JE N'AI PAS DIT QUE TU AVAIS LE CHOIX.

L'AUBE.
UN VENT DE RÉVOLTE SOUFFLE SUR LE VIEUX SECTEUR LANTAR DE LA METROPLIS DU 30E SIÈCLE.
RADION, PARTICON ET KINETIX FONT PARTIE DU NOEUD D'ATTAQUE GALE, CHERCHANT À LE FAIRE TOMBER.
ÇA BOUGE, DEVANT.
DÉPLOYEZ-VOUS. SOYEZ PRÊTS À ME COUVRIR.
À VOS ORDRES, MAÎTRE.
FRÈRE ? ES-TU BLESSÉ ?
QUE FAIS-TU ICI TOUT SEUL ?
A-AIDE-MOI...
..."FRÈRE".
LE MÉTA-MORPHE !
JE LE TIENS !
CLOUE-LE AU SOL !

LE MAÎTRE S'EST FAIT PIÉGER !
AVANCEZ !
FBOOOOM
LE BOOM SONIQUE DE XS EN A ENVOYÉ LA PLUPART PAR TERRE...
... JE VAIS GARANTIR QU'IL Y RESTENT.
LES AUTRES SONT À TOI, APPARITION !
RAVIE DE...
... OH, DRIFE !
KINETIX ?!
TINYA !

DÉPHASE !!
HEIN... OH !
SHHRAK
ZZAAK
TU NE DOIS PAS TE LAISSER DISTRAIRE, C'EST TROP DANGEREUX.
PARDON, COS.
ÇA... M'A DÉCONCERTÉE DE VOIR ZOE...
IMRA ?
JE L'AI !
L'ÉTAIT TEMPS !
JE RECOUVRE LA ZONE D'UN TAMPON TÉLÉPATHIQUE, COS. AUCUN D'EUX N'A PRÉVENU LA TIGE.
ESPÉRONS QUE BRAINY A FAIT CE QU'IL FAUT !!
IDIOTS ! VOUS SEREZ DES NÔTRES OU VOUS MOURREZ ! LÂCHEZ-MOI ! LÀ...

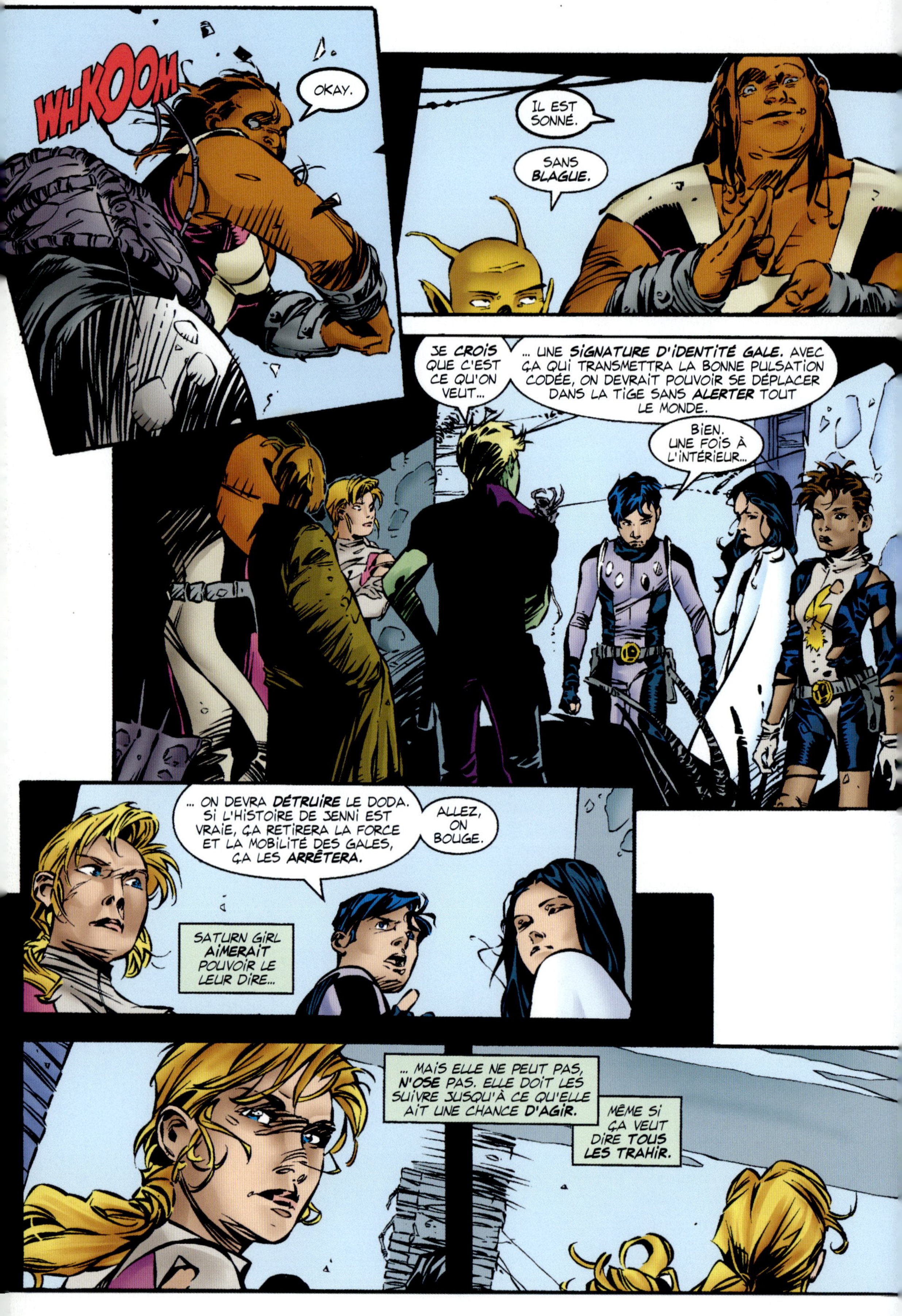
WHKOOM
OKAY.
IL EST SONNÉ.
SANS BLAGUE.
JE CROIS QUE C'EST CE QU'ON VEUT...
... UNE SIGNATURE D'IDENTITÉ GALE. AVEC ÇA QUI TRANSMETTRA LA BONNE PULSATION CODÉE, ON DEVRAIT POUVOIR SE DÉPLACER DANS LA TIGE SANS ALERTER TOUT LE MONDE.
BIEN. UNE FOIS À L'INTÉRIEUR...
... ON DEVRA DÉTRUIRE LE DODA. SI L'HISTOIRE DE JENNI EST VRAIE, ÇA RETIRERA LA FORCE ET LA MOBILITÉ DES GALES, ÇA LES ARRÊTERA.
ALLEZ, ON BOUGE.
SATURN GIRL AIMERAIT POUVOIR LE LEUR DIRE...
... MAIS ELLE NE PEUT PAS, N'OSE PAS. ELLE DOIT LES SUIVRE JUSQU'À CE QU'ELLE AIT UNE CHANCE D'AGIR.
MÊME SI ÇA VEUT DIRE TOUS LES TRAHIR.

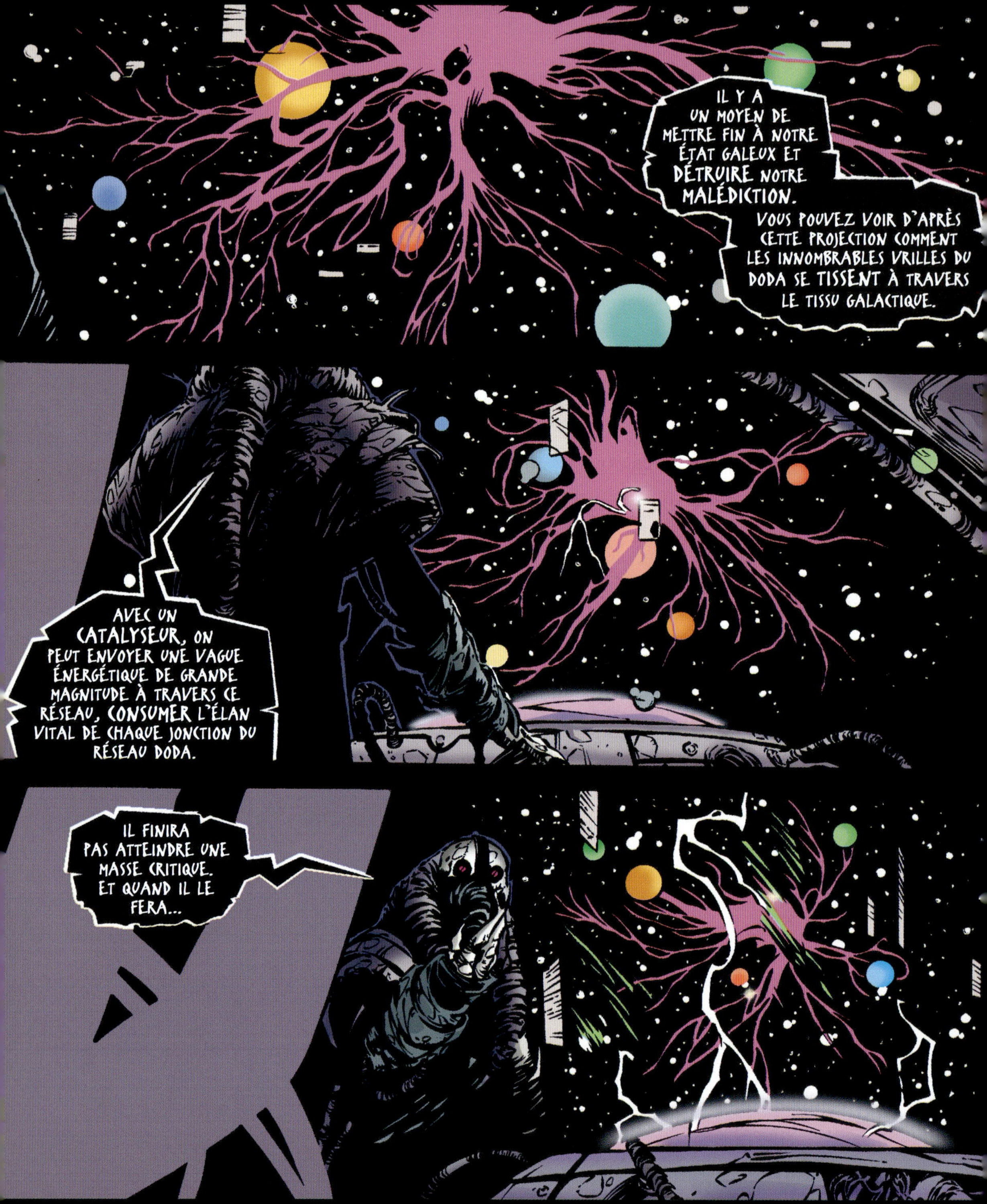
IL Y A UN MOYEN DE METTRE FIN À NOTRE ÉTAT GALEUX ET DÉTRUIRE NOTRE MALÉDICTION.
VOUS POUVEZ VOIR D'APRÈS CETTE PROJECTION COMMENT LES INNOMBRABLES VRILLES DU DODA SE TISSENT À TRAVERS LE TISSU GALACTIQUE.
AVEC UN CATALYSEUR, ON PEUT ENVOYER UNE VAGUE ÉNERGÉTIQUE DE GRANDE MAGNITUDE À TRAVERS CE RÉSEAU, CONSUMER L'ÉLAN VITAL DE CHAQUE JONCTION DU RÉSEAU DODA.
IL FINIRA PAS ATTEINDRE UNE MASSE CRITIQUE. ET QUAND IL LE FERA...

... IL IMPLOSERA ! UNE DÉTONATION GALACTIQUE D'ÉNERGIE DE VIE HYPER-AGITÉE QUI LAVERA L'ESPACE CONNU !
PRIS EN SON CŒUR, NOUS, GALES, ABSORBERONS L'ÉCLAT, ET NOTRE GANGRÈNE D'ENTROPIE SERA À JAMAIS INVERSÉE ! ON SERA DE NOUVEAU LIBRES !

MON CHER M'ONEL...
... TU ES PEUT-ÊTRE LE MÉTA-HUMANOÏDE LE PLUS SINGULIÈREMENT PUISSANT QUE NOUS AYONS RENCONTRÉ. ET JE T'AI PRÉSERVÉ POUR CET OBJECTIF PARTICULIER. TU SERAS LE DÉCLENCHEUR D'ÉNERGIE, LE CATALYSEUR.
BIEN SÛR, POUR Y PARVENIR, TOUTE AUTRE VIE DOIT MOURIR...
... MAIS IL Y A UN PRIX À PAYER POUR TOUT.
ATROPHOS, SALE B...
CHUT. NE GÂCHE PAS CET INSTANT.
LE CATALYSEUR EST PRÊT...
... COMMENÇONS.
EEYAGH!
SKZZAAKK

LA TIGE...
... ÉTAT-MAJOR BIO-ORGANIQUE DES GALES SUR LA TERRE CONQUISE.
NUL NE REVIENT JAMAIS DE LA TIGE...
... ET NUL NE SERAIT ASSEZ FOU POUR VOULOIR Y ENTRER VOLONTAIREMENT...
QU'AS-TU LÀ, FRÈRE ?
D'AUTRES PRISONNIERS DU DISTRICT QUARANTE.
TOUS DE LA CELLULE DE RÉSISTANCE DE BRANDE.
ÇA A ÉTÉ UNE BONNE NUIT.
TON CODE D'IDENTIFICATION EST RECONNU. FAIS-LES ENTRER POUR L'INTERROGATOIRE.
MERCI, FRÈRE.

J'AURAIS JAMAIS CRU QUE JE REVIENDRAIS ICI...
... SURTOUT DE MON PLEIN GRÉ.
SILENCE, XS. NE COMMUNIQUE QU'AVEC LE LIEN TÉLÉPATHIQUE DE SATURN GIRL.
GAFFE, GANG. D'AUTRES GALES DEVANT.
ET LÀ, VERS OÙ, SATURN GIRL?
TOUJOURS CONCENTRÉE, CAM. DIFFICILE DE SÉPARER LE SIGNAL EMPATHIQUE DU DODA DE LA PAGAILLE ENVIRONNANTE...
ATTENDS... JE CROIS QUE JE L'AI.
OUI, C'EST PAS LOIN. EN BAS À GAUCHE, CAMÉLÉ...
--UNNHH!
IMRA, C'EST QUOI? QU'EST-CE QU'IL Y A?
J'ENTENDS... M'ONEL... DANS MON ESPRIT... ILS LUI FONT MAL...
... ILS ALIMENTENT LE COURANT DU DODA... DE SES ÉNERGIES... POUR DÉCLENCHER UNE RÉACTION EN CHAÎNE...
STOP ! CELUI-LÀ N'EST PAS SOUMIS !
... UHHN... ILS ESSAYENT DE TUER LA VIE... TOUTE VIE... PARTOUT...
PLUS LE TEMPS D'ÊTRE SUBTILES...

... ALLONS-Y, LÉGIONNAIRES !
LES PRISONNIERS !
ILS SONT LIBRES !
EN FAIT, LES "PRISON-NIERS" N'ÉTAIENT PAS PRISONNIERS !
BATTEZ-VOUS POUR PASSER ! ON DOIT ATTEINDRE M'ONEL !
LES SIRÈNES D'ALARME SONNENT. Y A-T-IL UN PROBLÈME ?
ON FAIT ÉTAT D'UN RAID DE LA LÉGION, MAÎTRE ATROPHOS.
VENANT PAR ICI, SANS DOUTE, POUR SAUVER LE DAXAMITE.
BAH ! LA TENTATIVE DE TES AMIS EST TROP DÉRISOIRE, M'ONEL...
... ET BIEN TROP TARD.

SKRASHH
PAR ICI, VOUS AUTRES!
IL Y A UN PASSAGE!
WHAMM
WHUDD
PAS PAR LÀ, STREUMON.
U-ULTRA BOY... NE...
WHOKK
UHHNN!
VOUS NE NOUS ÉGALEZ PAS.
MAIS ALORS PAS DU TOUT.
THOK

JO? MON DRIFE...
... C'EST VRAIMENT TOI...
T-TINYA... ?
JO, ÇA... ÇA N'EST PAS TOI...
COMBATS-LE! REVIENS-MOI!
JE... PEUX PAS... JE...
TU PEUX! TU PEUX LE BATTRE!
MON JO PEUT TOUT BATTRE!
JE T'EN PRIE, JO. NOTRE LIEN EST PLUS FORT QUE ÇA. VIENS À MOI...
... ET JE TE MONTRERAI.
TINYA, QU'EST-CE QUE... ?
EARRGHH!

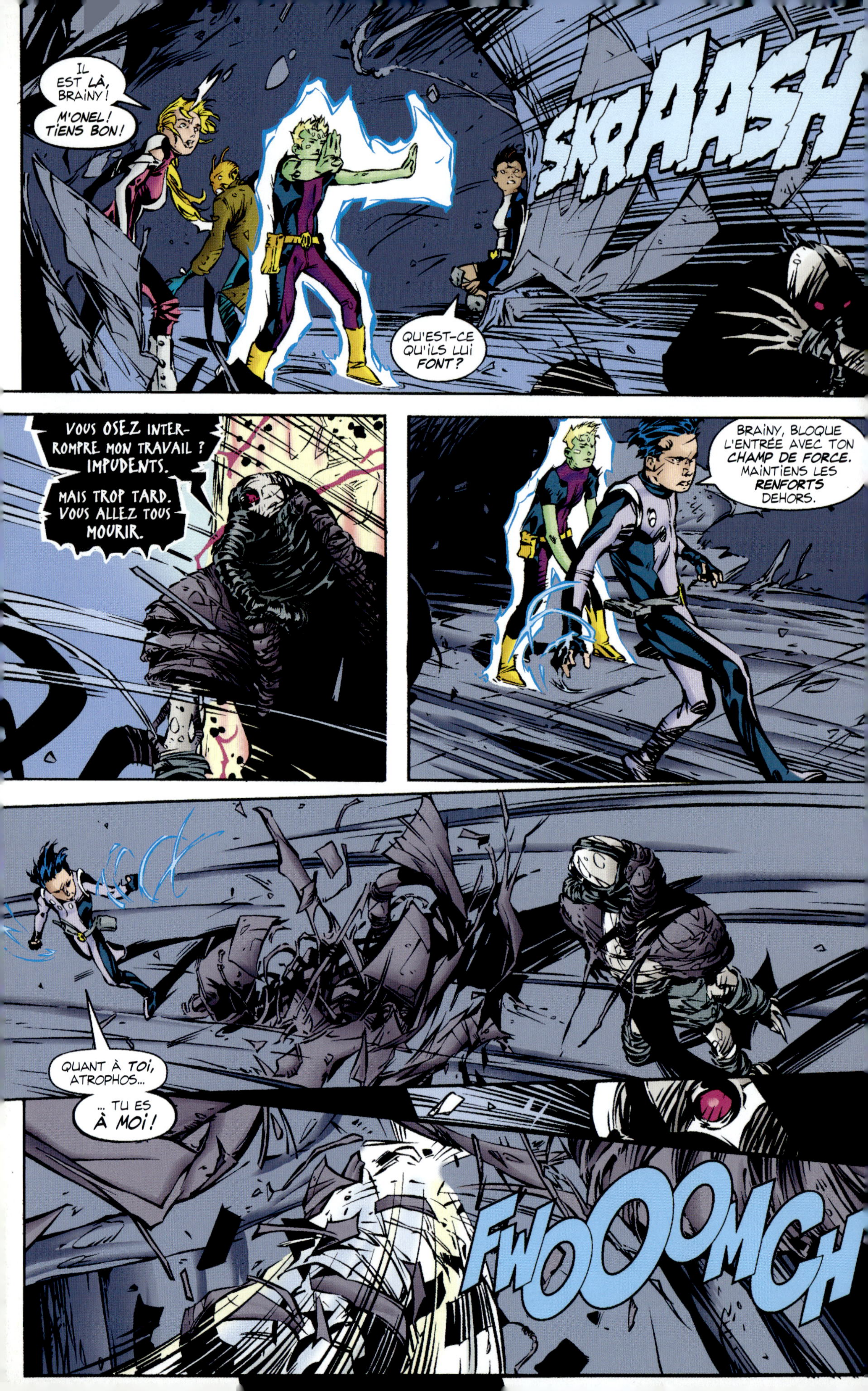

IL EST LÀ, BRAINY !
M'ONEL ! TIENS BON !
SKRAAASH
QU'EST-CE QU'ILS LUI FONT ?
VOUS OSEZ INTERROMPRE MON TRAVAIL ? IMPUDENTS.
MAIS TROP TARD. VOUS ALLEZ TOUS MOURIR.
BRAINY, BLOQUE L'ENTRÉE AVEC TON CHAMP DE FORCE. MAINTIENS LES RENFORTS DEHORS.
QUANT À TOI, ATROPHOS...
... TU ES À MOI !
FWOOOMCH

VITE, TOUT LE MONDE! AVANT QU'IL RÉCUPÈRE!
ON DOIT TROUVER COMMENT TIRER M'ONEL DE LÀ ET ARRÊTER CE TRAITEMENT.
CAM, XS... RÉUNISSEZ LES TECHNICIENS D'ATROPHOS, JE VAIS...
NON!
HEIN? T'ES CINGLÉE, SATURN GIRL? ON DOIT ARRÊTER TOUT ÇA...!
PAS LE TEMPS D'EXPLIQUER, COS! LAISSE CES COMMANDES TRANQUILLES!
SI TU CROIS QUE JE VAIS FAIRE ÇA, TU AS PERDU LA TÊTE! JE NE VAIS PAS...
JE M'EXCUSE, ROKK. ÇA DOIT SE PASSER AINSI.
... UHHNNN...!
SATURN GIRL... S'EST RETOURNÉE CONTRE NOUS!
ELLE FERAIT PAS ÇA! ELLE PEUT PAS!
À L'ÉVIDENCE, IL EN VA AUTREMENT, XS.

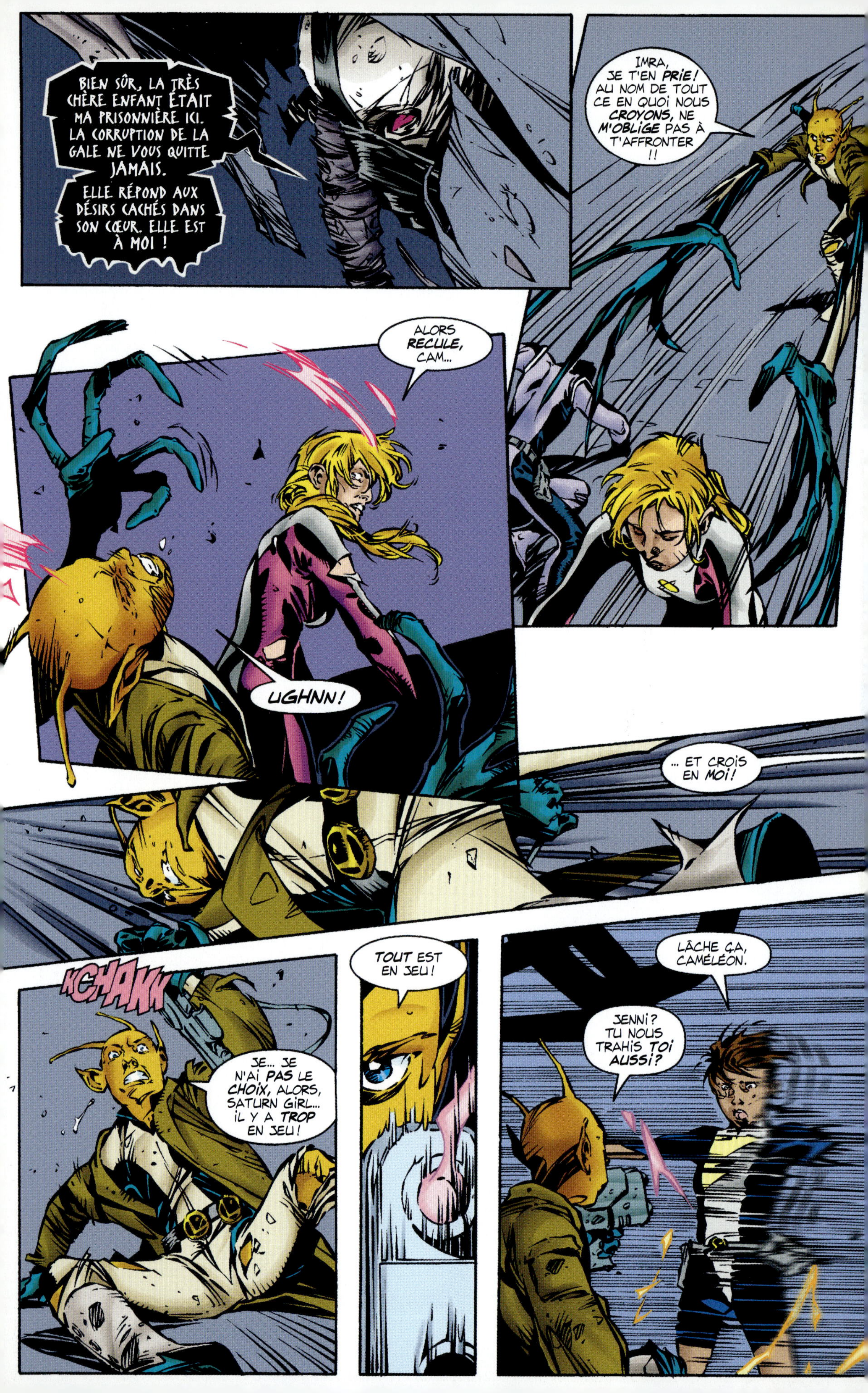
BIEN SÛR, LA TRÈS CHÈRE ENFANT ÉTAIT MA PRISONNIÈRE ICI. LA CORRUPTION DE LA GALE NE VOUS QUITTE JAMAIS.
ELLE RÉPOND AUX DÉSIRS CACHÉS DANS SON CŒUR. ELLE EST À MOI !
IMRA, JE T'EN PRIE! AU NOM DE TOUT CE EN QUOI NOUS CROYONS, NE M'OBLIGE PAS À T'AFFRONTER !!
ALORS RECULE, CAM...
UGHNN!
... ET CROIS EN MOI!
KCHANK
JE... JE N'AI PAS LE CHOIX, ALORS, SATURN GIRL... IL Y A TROP EN JEU!
TOUT EST EN JEU!
LÂCHE ÇA, CAMÉLÉON.
JENNI? TU NOUS TRAHIS TOI AUSSI?

NON. ÉCOUTE, JE NE SAIS PAS NON PLUS CE QU'ELLE TRAME, MAIS J'AI VU CE QU'IL Y AVAIT DANS SA TÊTE QUAND ELLE M'A SAUVÉE !
C'EST PAS UNE TRAÎTRESSE ! JE L'AURAIS SU TOUT DE SUITE !!
SOUVIENS-TOI COMMENT ON A VÉCU CE DERNIER MOIS, CAM... TE SERAIS-TU FIÉ À QUI QUE CE SOIT SI TU AVAIS TROUVÉ UN MOYEN D'ARRÊTER LA GALE ? MÊME TES AMIS ?
JE SAIS QUE TU ES TENDU AVEC TOUT ÇA... ON L'EST TOUS... MAIS NE LE FAIS PAS.
SI TU TE FIES PAS À ELLE... FIE-TOI À MOI.
MERCI, CAM.
C'ÉTAIT LA BONNE CHOSE À FAIRE.
C'EST TOUCHANT...
... ET PITOYABLE !
SHAKOOM
JE T'ENTENDS, SATURN GIRL. QU'EST-CE QU'ON FAIT ?
ON VA LIBÉRER LE DODA DE LA CORRUPTION DES GALES... LE RETOURNER CONTRE EUX.

LES GALES ONT CORROMPU UNE ENTITÉ INNOCENTE QUI VOULAIT JUSTE ENTRELACER LES ÉTOILE POUR FLEURIR.
QUAND LE DODA EST DEVENU LEUR MOYEN DE DÉPLACEMENT, SA CROISSANCE NATURELLE A ÉTÉ BLOQUÉE.
ATROPHOS A RELIÉ TES POUVOIRS À CEUX DU DODA. SI JE PEUX TE GUIDER POUR RÉORIENTER CE LIEN COMME LEVIER...
... ON PEUT AIDER LE DODA À ROMPRE LA PRISE DES GALES ET FINIR SON CYCLE DE VIE.
LES COULEURS DU VORTEX CHANGENT ! QUE SE PASSE-T-IL?
J'AIMERAIS BIEN... UN PEU D'AIDE ÷UHHNN÷ POUR BLOQUER CETTE ENTRÉE...
CE... C'EST SUPERBE !
NON ! JE NE LE PERMETTRAI PAS ! TOUT DOIT MOURIR ! TOUT !
NON, "MAÎTRE"...

... TU EN AS FAIT PLUS QU'ASSEZ !
MON DRIFE...
... JO ?!
LÂCHE-MOI ! LÂCHE-MOI TOUT DE SUITE !
TON VOEU...
...ME FAIT SPROCKEMENT PLAISIR !
AAAAAAAA
JE REGARDE ATROPHOS, SEIGNEUR DES GALES, TOMBER EN HURLANT DANS LE VORTEX DODA AU CŒUR DE LA TIGE...
... ET COMME IL DOIT LE SAVOIR À PRÉSENT...

... NUL NE REVIENT JAMAIS DE LA TIGE.

ÇA DEVIENT DUR DE S'ACCROCHER À LA CONSCIENCE APRÈS ÇA.
LE POUVOIR DE M'ONEL ÉTAIT CENSÉ ALLUMER UN FEU DANS LE RÉSEAU DODA...
À LA PLACE, IL LIBÈRE LA CONSCIENCE DODA. LE PROJET ODIEUX DE GÉNOCIDE STELLAIRE D'ATROPHOS SE RETOURNE CONTRE LUI.
DES RUBANS D'ÉNERGIE DODA DÉCHAÎNÉE CINGLENT VERS LE CIEL.
LE POULS LIBÉRATEUR FONCE LOIN DE LA TERRE, LE LONG DES VRILLES DE L'IMMENSE FORME DE VIE...

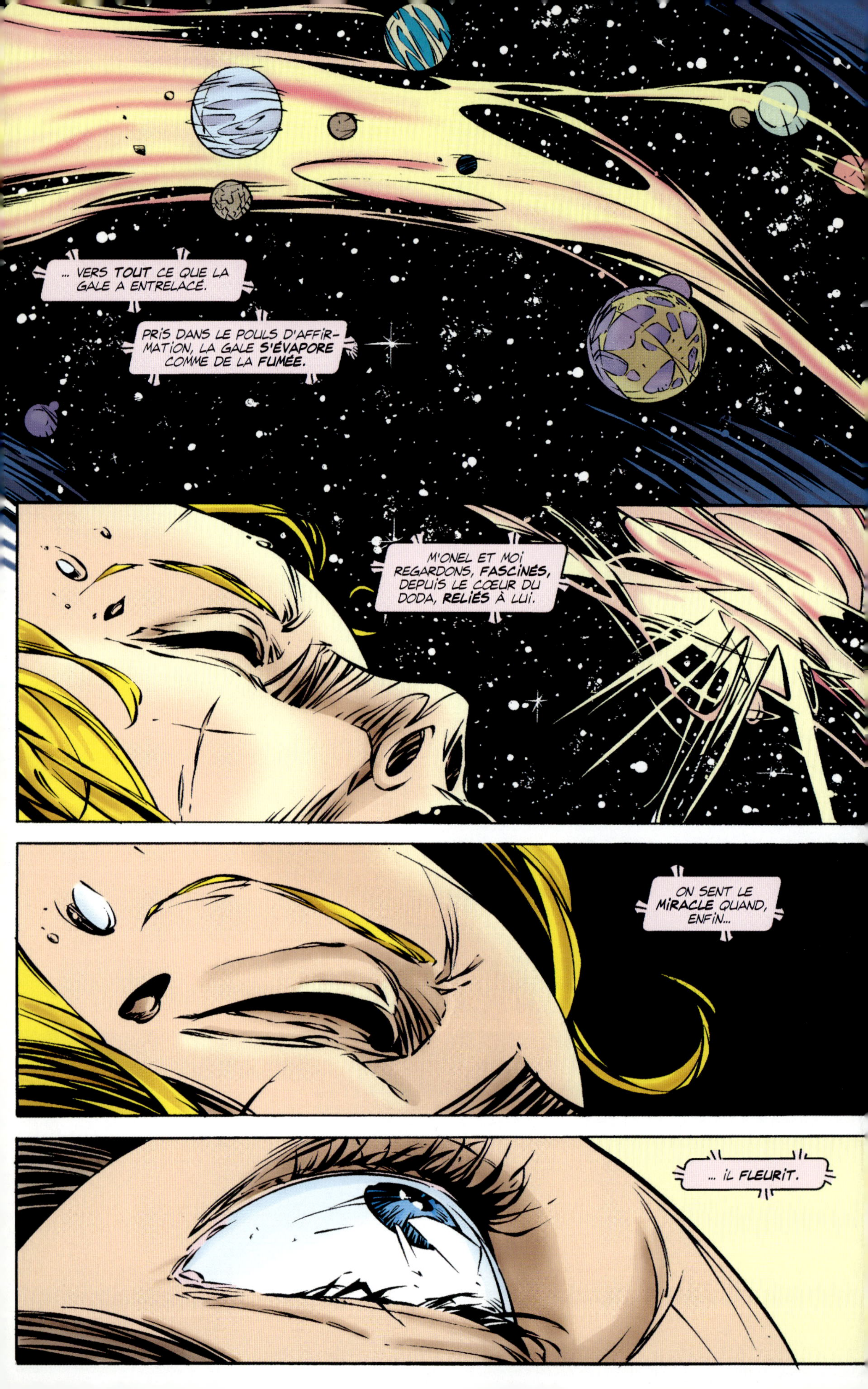
... VERS TOUT CE QUE LA GALE A ENTRELACÉ.
PRIS DANS LE POULS D'AFFIRMATION, LA GALE S'ÉVAPORE COMME DE LA FUMÉE.
M'ONEL ET MOI REGARDONS, FASCINÉS, DEPUIS LE CŒUR DU DODA, RELIÉS À LUI.
ON SENT LE MIRACLE QUAND, ENFIN...
... IL FLEURIT.

SALUT, IMRA.
ON S'EST INQUIÉTÉS POUR TOI PENDANT UNE SECONDE.
VIENS VOIR LES JEUX DE LUMIÈRE.
C'EST... LA PLUS BELLE CHOSE QUE J'AI JAMAIS VUE.
J'AURAIS JAMAIS CRU REVOIR QUELQUE CHOSE DE BEAU.
J'EN SUIS PRESQUE MUET.
C'EST COMME SI UN NIVEAU QUASI-MÉTAMORPHIQUE DU CYCLE DE VIE DU DODA AVAIT ÉTÉ POSSIBLE PAR L'ARRÊT DE LA MANIPULATION GALE, PERMETTANT UNE APOTHÉOSE, SI TU VEUX...
MUET, TU DISAIS, CHÉRI.
D'ACCORD. MUET.

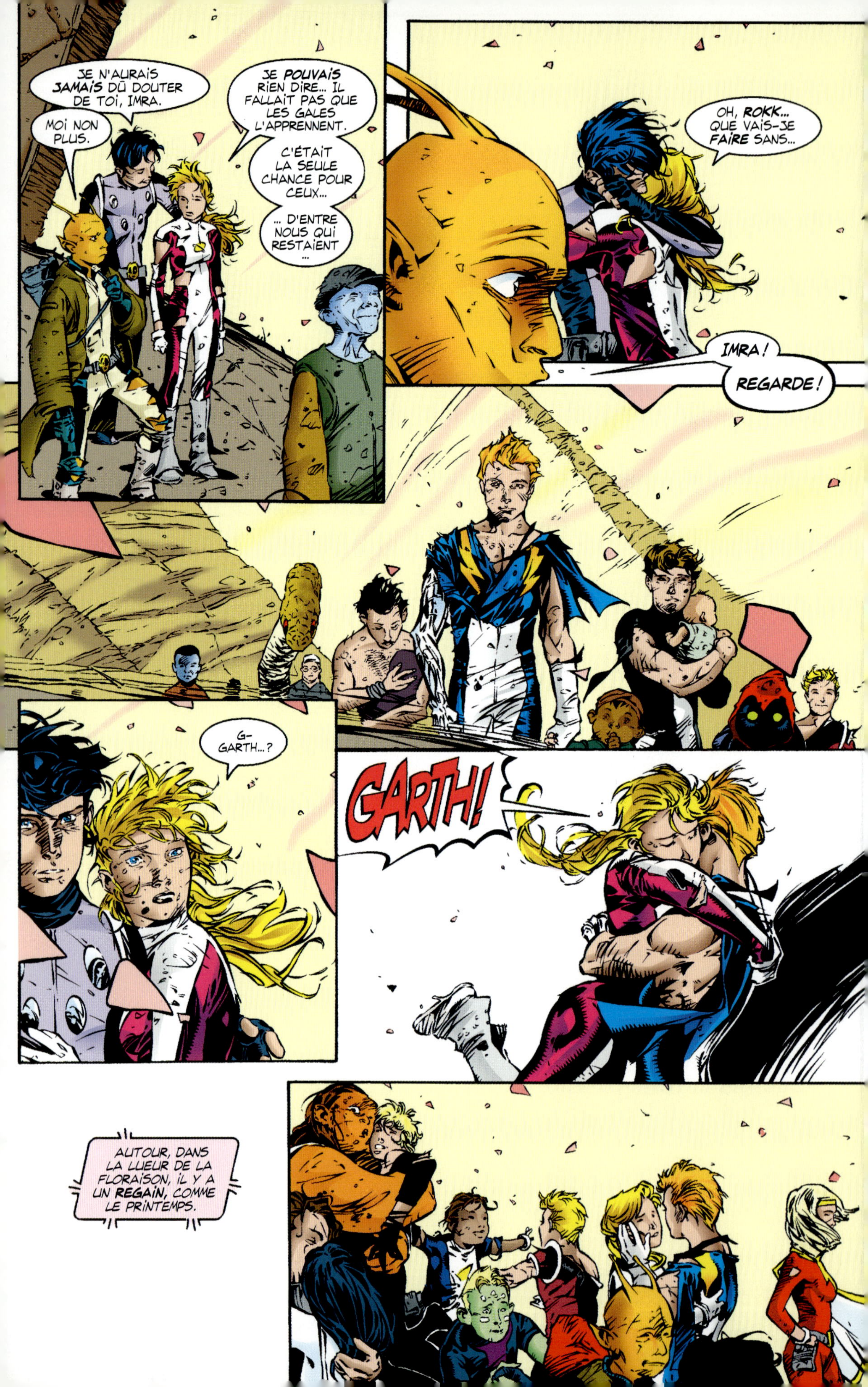
JE N'AURAIS JAMAIS DÛ DOUTER DE TOI, IMRA.
MOI NON PLUS.
JE POUVAIS RIEN DIRE... IL FALLAIT PAS QUE LES GALES L'APPRENNENT.
C'ÉTAIT LA SEULE CHANCE POUR CEUX...
... D'ENTRE NOUS QUI RESTAIENT ...
OH, ROKK... QUE VAIS-JE FAIRE SANS...
IMRA !
REGARDE !
G-GARTH...?
GARTH !
AUTOUR, DANS LA LUEUR DE LA FLORAISON, IL Y A UN REGAIN, COMME LE PRINTEMPS.

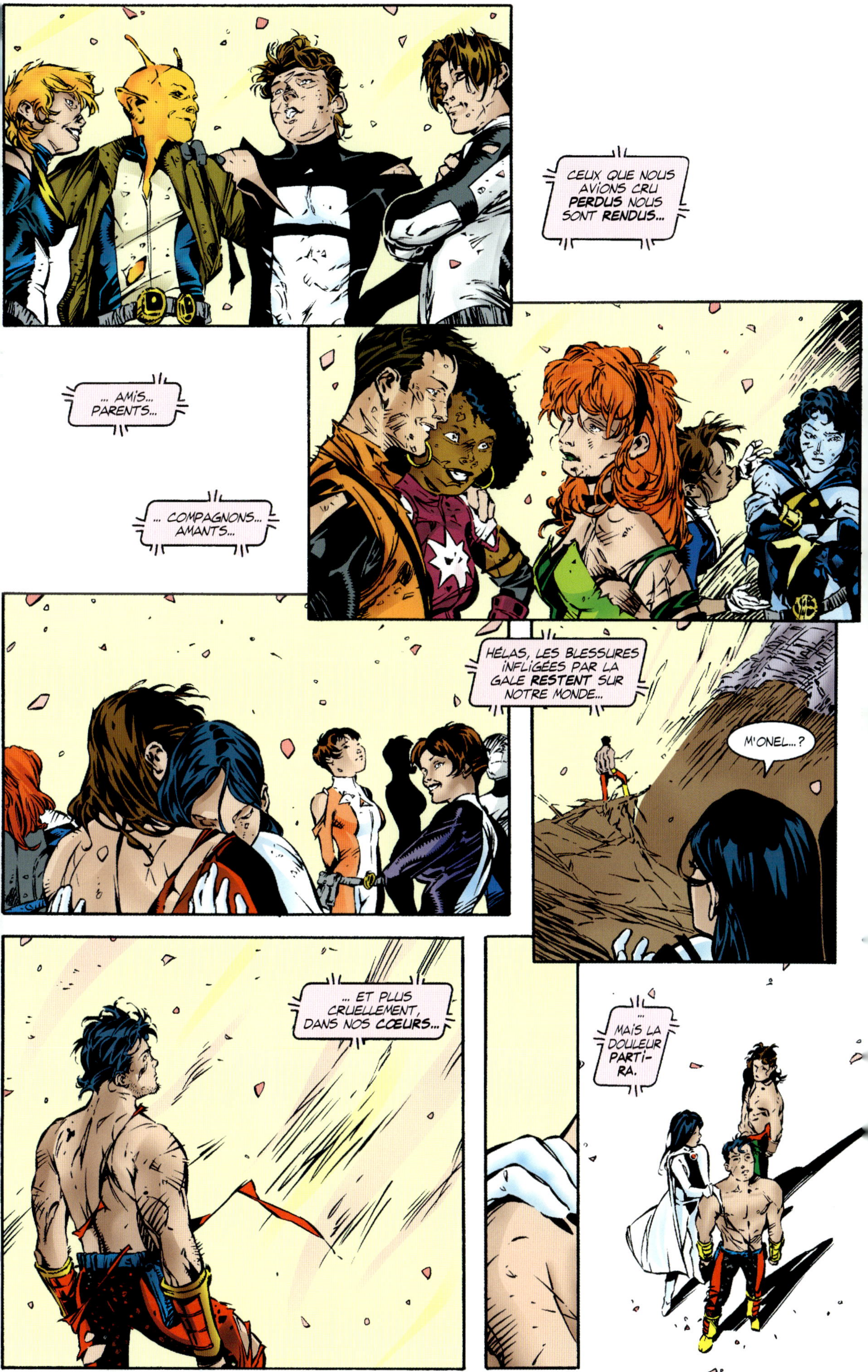
CEUX QUE NOUS AVIONS CRU PERDUS NOUS SONT RENDUS...
... AMIS... PARENTS...
... COMPAGNONS... AMANTS...
HÉLAS, LES BLESSURES INFLIGÉES PAR LA GALE RESTENT SUR NOTRE MONDE...
M'ONEL...?
... ET PLUS CRUELLEMENT, DANS NOS CŒURS...
... MAIS LA DOULEUR PARTI-RA.

ET MAINTE-NANT ?
AUJOURD'HUI, ON PROFITE DE L'INSTANT, ET DE LA VICTOIRE.
DEMAIN, ON A DU BOULOT. ON A BESOIN DE NOUS ICI.
D.A. + A.L + O.C. 99.

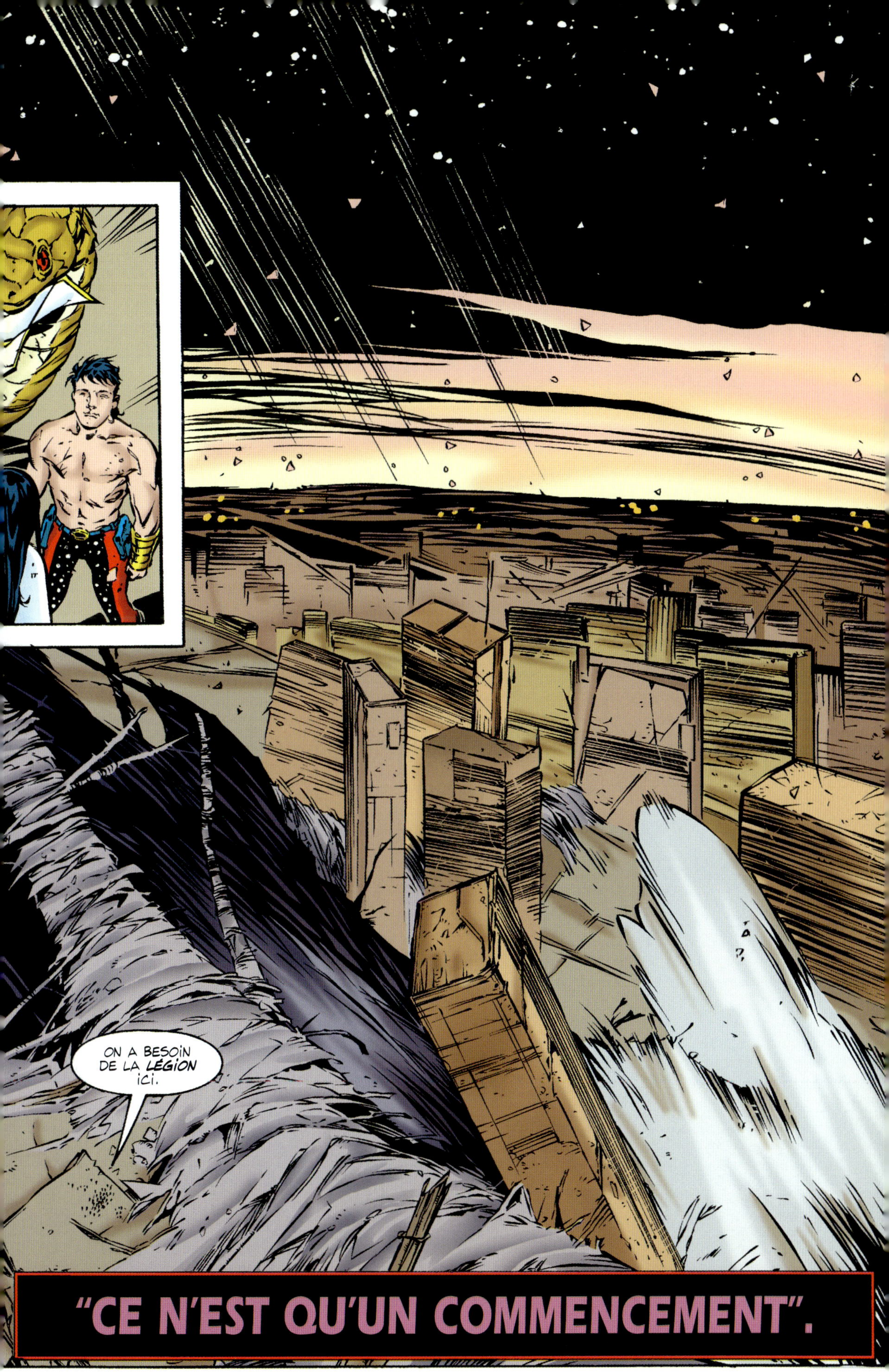
ON A BESOIN DE LA LÉGION ICI.
"CE N'EST QU'UN COMMENCEMENT".

À la rencontre des principaux Légionnaires

Outre Live Wire, Cosmic Boy et Saturn Girl, membres fondateurs du groupe, quelques Légionnaires jouent un rôle majeur dans la série. Leurs origines, leurs particularités physiques et leurs pouvoirs uniques font de la Légion l'un des groupes les plus attachants opérant au sein de l'univers haut en couleurs des comics de super-héros.

karaté Kid, Umbra et Ultra Boy

Cameleon

Reep Daggle est sans conteste l'un des membres les plus aisément reconnaissables de la Légion. Originaire de Durla, il est à l'instar de l'animal dont il a adopté le nom, capable de revêtir toute forme vivante ou inanimée, et à ce titre fait partie des équipes d'espionnage de la Légion. Ses plus proches amis au sein de la Légion sont Sensor et Invisible Kid.

Ultra Boy

Jo Nah est originaire de la planète Rimbor, connue pour négliger les enfants. À la suite d'une escapade qui le conduisit dans le ventre d'une baleine de l'espace, il a acquis une série de pouvoirs extraordinaires qui vont de l'invulnérabilité au vol en passant par une super-force. Il ne peut en revanche utiliser qu'un seul de ces pouvoirs à la fois. De ce fait, il utilise souvent l'anneau de vol de la Légion afin de disposer d'un autre de ses pouvoirs.

Live Wire

Autre membre fondateur de la Légion, Garth Ranzz vient de Winah. Il fut attaqué, en même temps que sa sœur jumelle Ayla (alias Spark) et son frère aîné Mekt, par des Électro-Bêtes à la suite d'un crash sur la planète Korbal. Ils ont ainsi acquis le pouvoir d'absorber, de générer et de projeter de la lumière. Il a perdu son bras droit, dorénavant remplacé par une prothèse bionique, au cours d'un combat qui l'a opposé à son frère Mekt, devenu le meurtrier Lightning Lord. Il est le compagnon de Saturn Girl.

Apparition

Tinya Wazzo, initialement apparue sous le nom de Phantom Girl, est originaire de Bgztl. Elle a acquis son statut de Légionnaire en aidant les membres fondateurs dans l'arrestation de terroristes du groupe "Triangle Blanc". Elle mourut même au cours de cette intervention, mais son esprit put survivre sous une forme fantomatique. Elle a été ensuite guérie de cet état, mais conserve certains pouvoirs liés à son ancienne condition. Elle est mariée à Ultra Boy.

Umbra

Tasmia Mallor vient de Tallok VIII. Elle est capable de créer des champs d'ombre absolue, qu'aucune lumière ne peut pénétrer. Elle a rejoint la Légion dans le secret espoir de prouver aux instances de sa planète d'origine qu'elle est capable d'assumer le rôle de protectrice qui lui a été un jour refusé. Elle est toujours concentrée sur son travail de Légionnaire, délaissant les relations avec ses partenaires.

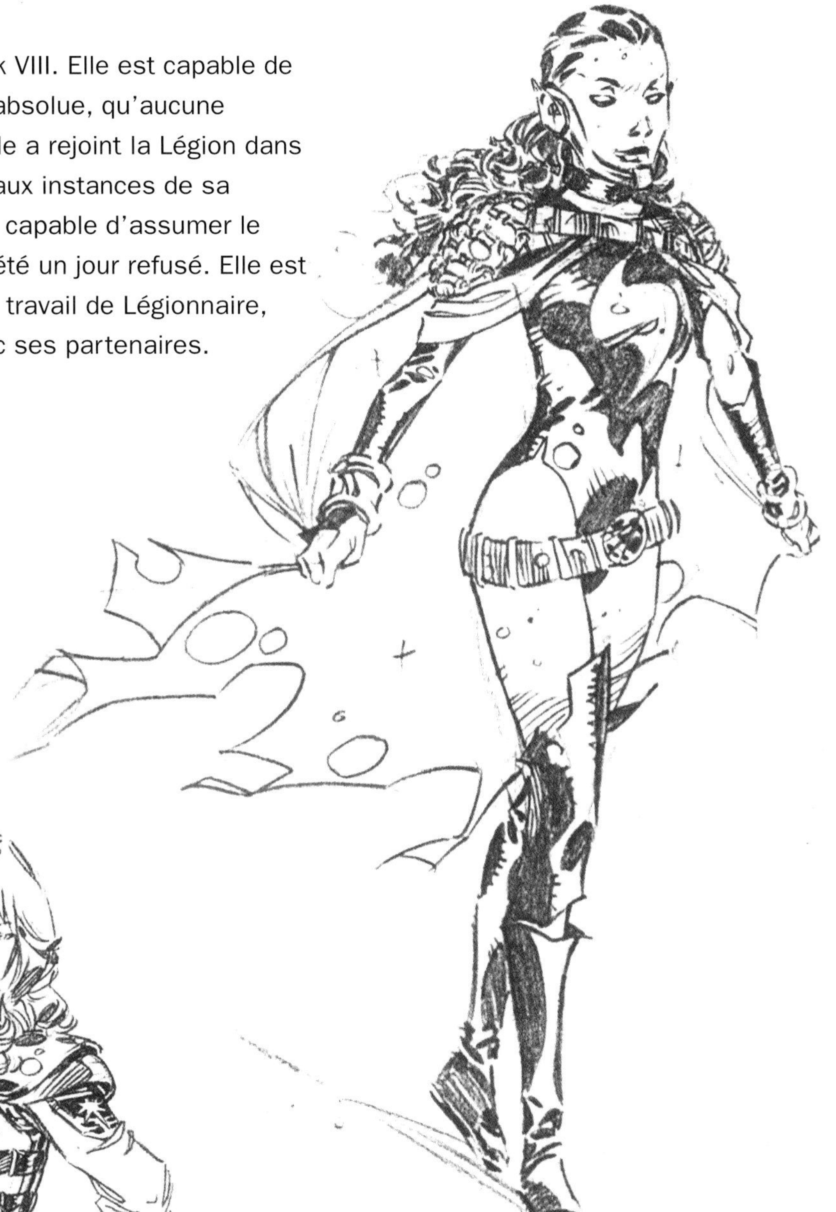

Shvaughn Erin

Officier de la Police Scientifique, Shvaughn Erin est l'agent de liaison officiel détaché auprès des membres de la Légion des Super-Héros. Elle occupe des fonctions administratives auprès de l'équipe des Légionnaires, avant d'être mêlée aux mésaventures liées aux Galeux. Ses collègues officiers l'ont affublée du surnom cruel "Liason Lass".

XS

Jenni Ognats vient d'Aarok et est la descendante d'une longue lignée de bolides. Son grand-père était un certain Barry Allen, le second Flash, et son cousin n'est autre qu'Impulse, devenu depuis peu Kid Flash dans les pages de **Teen Titans**.

Les Galeux

Les membres de la Légion des Super-Héros n'ont sans doute jamais affronté une telle menace. La Gale, qui rassemble sous son aile putride ces êtres étranges et les pantins qu'ils manipulent, constituent pour la fédération des Planètes Unies un fléau qu'il est de bon ton de craindre.
Les Galeux, aux membres déformés et aux griffes hypertrophiés, sortent de l'obscurité et exhibent des faciès masqués qui en font des êtres anonymes et monstrueux, respirant le mal.
Des êtres qui répandent, telle une maladie, telle une contagion, la possession, la manipulation, l'effroi...

Impression : Stige, Italie • Dépôt légal : août 2004 • ISBN : 2-84857-095-4 • SEMIC, 45 rue Broca, 75005 Paris